Das Blau des Ozeans

Geschichten vom Meer

BOOKS on DEMAND

Steffi Müller

Heike Auel

Das Blau des Ozeans

Geschichten vom Meer

Bibliografische Information der Deutschen Nationalbibliothek:
Die Deutsche Nationalbibliothek verzeichnet diese Publikation in
der Deutschen Nationalbibliografie; detaillierte bibliografische
Daten sind im Internet über http://dnb.dnb.de abrufbar.

Illustration, Cover: Hans-Peter Auel

Herstellung und Verlag: BoD – Books on Demand, Norderstedt

ISBN: 978-3-74942986-8

Inhalt

Meeresrauschen, Wellenklang,
Über Fischerbooten Möwengesang.
Die Luft voll schwerer Düfte.

Mit frischer Brise
Der Wind mich grüßt.

Ich verweile kurz und staune:
Welch wundersame Laune
Erschuf hier die Natur!

Steffi Müller

Zwei Stunden

Heike Auel

Die Zeiger der Bahnhofsuhr sprangen auf 18.47 Uhr. »An Gleis 4 bitte einsteigen, Türen schließen selbsttätig, Vorsicht bei der Abfahrt.« Heiner hastete über die Plattform des Frankfurter Kopfbahnhofs. Gleis 8, Gleis 7, Gleis 6...... Als er atemlos an Gleis 5 vorbeisprintete, hörte er die Pfeife des Schaffners, direkt darauf das satte Geräusch, mit dem Zugtüren ins Schloss fielen. Endlich bog er um den letzten Prellbock und stürzte auf den Bahnsteig, doch er sah nur noch die roten Rücklichter des Zuges, der langsam aus dem Bahnhof fuhr.

Auch das noch! So sehr Heiner Pünktlichkeit liebte - hätte der InterRegio heute nicht ausnahmsweise ein paar Minuten Verspätung haben können? Mit diesem Zug war auch seine letzte Chance auf einen Abend mit seiner Frau aus dem Bahnhof geglitten. Die nächste mögliche Verbindung war der Regionalexpress nach Limburg, der aber erst in knapp zwei Stunden abfuhr und auch viel länger unterwegs war. Das hieß, er wäre weit nach 22.00 Uhr daheim. Zu spät für den versprochenen Abend in Susannes Lieblingsrestaurant.

Er hinterließ eine Nachricht auf Susannes Handy, froh um die unpersönliche Stimme des Anrufbeantworters, die ihm Aufschub vor dem berechtigten Ärger seiner Frau gewährte. Dann schlenderte er in das kleine Bistro und ließ sich müde auf einen Stuhl fallen. Zwei Stunden! Heiner Garbsen war Anwalt in Weilenburg,

9

einem kleinen Ort ca. eine Autostunde von Frankfurt entfernt. Zwei bis drei Mal im Monat fuhr er zum Gericht nach Frankfurt. Immer mit dem Zug, denn Autofahren hatte er noch nie geliebt. Meist reichte die Zeit gerade noch für einen hastigen Kaffee, bevor er in seinen Sitz im InterRegio fiel und sofort seinen Aktenkoffer mit den Unterlagen hervorholte. Er konnte sich kaum erinnern, wann er das letzte Mal zwei Stunden Zeit gehabt hatte. Reflexartig griff er nach seinen Notizen vom Gericht. Der kleine italienische Kellner, den er schon kannte, fragte nach seinen Wünschen.

Ohne nachzudenken bestellte er »Kaffee, bitte, mit viel Milch, wie immer«. Aber halt, wollte er wirklich Kaffee, wie immer? Er ließ die Papiere sinken.

»Nein, bringen Sie mir einen Rotwein. Ja, einen Rotwein, keinen Kaffee heute. Einen trockenen, französischen.«

Der Kellner nickte.

»Aber gern, mein Herr. Wir haben einen hervorragenden Bordeaux, der wird Ihnen schmecken, nach dem langen Arbeitstag.«

Ja, ein langer Tag. Länger als erwartet, nicht nur wegen des verpassten Zuges. Auch die Verhandlungen im Gericht hatten sich hingezogen, und dann wollte ein Kollege unbedingt noch über eine umstrittene Entscheidung des Oberlandesgerichts diskutieren, die derzeit in aller Munde war. Da ging es um eine Scheidungssache, genau wie sein erster Fall. Wie hatte der noch geheißen? Richtig, Meiser gegen Strobel. Eine ziemlich klare Sache, aber es war eben sein allererster Fall. Er war so nervös gewesen vor der Verhandlung. Das erste Mal eigenverantwortlich vor Gericht. Eigentlich hatte er nie Anwalt werden wollen. Er war kein Rhetoriker, in Diskussionen halfen ihm oft nur sein immenses Fachwissen und seine genaue Vorbereitung. Aber sein Vater und auch sein Großvater waren erfolgreiche Anwälte gewesen. Selbstverständlich sollte der Sohn diese Tradition fortsetzen, und er hatte sich nicht gewehrt.

Noch während seines Referendariats in einer Frankfurter Kanzlei lernte er Susanne kennen. Sie war vielleicht nicht die große Liebe, aber er schätze ihre Selbständigkeit, ihre Fröhlichkeit. Nach ihrer Heirat lebten sie zunächst in Frankfurt, doch schon nach kurzer Zeit wurde in ihrem Heimatdorf, in Weilenburg eben, ein Anwalt gesucht. Susanne wollte unbedingt zurück, weg aus der Großstadt, in der sie kaum jemanden kannte. Ihr Vater, der Arzt der kleinen Gemeinde, unterstützte Heiner dabei, die ländliche Kanzlei zu übernehmen. Und so war Heiner, ehe er richtig wusste, wie ihm geschah, selbständiger Anwalt in Weilenburg. Kein Wunder, dass ihn alle zu seinem ›großartigen Coup‹ beglückwünschten. Während seine Studienkollegen noch immer die Knochentour durch die großen Anwaltskanzleien machten, hatte er bereits eine gefestigte Stellung mit vielen Mandanten.

Susanne selber hatte in Frankfurt Sprachen studiert, Englisch und Französisch, aber nie mit ganzem Herzen. Als sie nach Weilenburg zogen, fand sie nichts, was ihr zusagte. Am Anfang hätte er gern ein zusätzliches Einkommen gehabt, zur Absicherung der vielen Ausgaben, die seine Stellung mit sich brachte, aber als sein Schwiegervater ihnen ein Haus zur Verfügung stellte (»Meine Tochter kriegt das Geld ja doch irgendwann!«), fiel auch das finanzielle Argument weg. Stattdessen orientierte sich seine Frau schnell anders. Heute ging sie voll auf in ihren karitativen Kreisen, bei der Vorbereitung von Festen und Gesellschaften. Immer öfter wies sie Heiner darauf hin, dass ein erfolgreicher Anwalt auch im öffentlichen Leben mitwirken müsse. Er weigerte sich lange, doch schließlich gab er nach und wurde Mitglied im örtlichen Schützenverein. Immerhin hatte er noch verhindern können, jemals Schützenkönig zu werden.

Gern hätte Susanne auch in der Frankfurter Gesellschaft Fuß gefasst. Seine Kontakte zum Gericht wären sicher ein guter Ausgangspunkt gewesen, aber seine Karriere hatte sich nicht so weiterentwickelt, wie der Glanzstart hoffen ließ. Er war kein brillanter Staranwalt, der die Richter in seinen Bann zog. Er war ein guter Arbeiter mit soliden juristischen Kenntnissen, mehr nicht. Immer häufiger warf seine Frau ihm mangelnden Ehrgeiz vor. Sie erwartete mehr von ihrem Ehemann, als dass er sich mit den Dorfstreitigkeiten zufriedengab.

Aber auch, wenn er sich in den Diskussionen mit Susanne immer wie ein Versager vorkam, er kannte seine Schwächen zu gut, um sich der Blamage eines publicity-wirksam verlorenen Prozesses auszusetzen.

Er nippte an seinem Rotwein. Wirklich vorzüglich. Seinen ersten Bordeaux hatte er in Südfrankreich getrunken. Mit drei Kommilitonen waren sie spontan losgefahren, hatten Zelt und Schlafsäcke in seinen uralten Opel geworfen. Am Lac de Lacanau, nicht weit von Bordeaux, verbrachten sie 14 traumhafte Tage. Er mietete eine Segeljolle, und gemeinsam erkundeten sie den See. Sie lagen in der Sonne, tranken Wein und aßen Meeresfrüchte, bis ihr Urlaubsbudget zusammengeschmolzen war. Manchmal stellten sie sich vor, wie es wäre, auf einem Segelboot die Weltmeere zu befahren. Und versprachen sich, nie so zu werden wie ihre Eltern. Sie wollten etwas machen aus ihrem Leben. Sie wollten die Juristerei nutzen, um den Menschen zu helfen.

Die typischen Ideen von Studenten eben. Heute waren sie alle angesehene Juristen, mit Eigenheim und Frau und Mittelklassewagen, und nichts von den Jugendträumen war übrig geblieben. Statt einer Weltumseglung kamen bei ihm das Referendariat und Susanne und die Anwaltskanzlei. Und dann der Schützenverein.

Energisch vertrieb Heiner die trüben Gedanken. Er leerte das Weinglas, warf ein paar Münzen auf den Tisch und schlenderte zur Bahnhofsbuchhandlung. Er könnte sich ein gutes Buch gönnen. Vielleicht einmal etwas anders lesen als Akten auf der langen Heimfahrt. Seine Augen wanderten über die Regale. Plötzlich blieb sein Blick auf dem Bild eines Segelschiffs hängen. »Wilfried Erdmann zurück auf seiner Katena Nui - Weltumsegler jubelnd in Cuxhaven empfangen.« Heiner lächelte. Da war sein Jugendtraum aus Studienzeiten: einmal segelnd um die Welt. In einem Anfall von sentimentaler Nostalgie kaufte er das noch druckfrische Heft. Im Gehen blätterte er schnell über die bunten Bilder, las die Überschriften der Texte. Der Anzeigenteil war voller Angebote für Segelschiffe, von der kleinen Jolle bis zur hochseetauglichen Fahrtenyacht. Einmal hatte er Susanne zu einem Segeltörn in Dänemark überredet. Aber die Tour war ein einziges Fiasko gewesen, und so hatten sie ihre Urlaube wieder in den Ferienzentren des Mittelmeers und der Kanaren verbracht.

Plötzlich blieb Heiner stehen. Sein Blick fiel auf eine Anzeige. »Dringend: Hand für Koje! Erfahrener Skipper sucht schnell entschlossene Mitsegler für Überführungstörn nach Costa Rica, Dauer ca. 3 Monate, Segelschein erwünscht, aber nicht Voraussetzung, Einschiffung und Vorbereitung ab 24.09. in Hamburg-Wedel«

Na, das war aber wirklich sehr dringend. Der 24.09. war übermorgen und die Zeitung erst vor wenigen Tagen erschienen. So schnell würde kaum jemand mitkommen können. So etwas hätte er damals tun sollen, nach dem Studium, statt gleich zu heiraten und zu arbeiten. Jetzt war es zu spät, um auf Kolumbus' Spuren zu wandeln.

Aber war es denn wirklich zu spät? Warum sollte er nicht einfach jetzt seinen Traum verwirklichen? Er ließ sich auf eine Bank fallen und schüttelte den Kopf. Wie kam er nur auf so einen Gedanken? Er war doch verheiratet. Er wollte Susanne nicht wehtun. Aber würde er das überhaupt? Sie hatte ihre Vereine, ihre Familie. Sie hatte ihm oft genug vorgeworfen, nicht repräsentativ genug zu sein.

»Wenn Du erfolgreich bist, musst Du das auch zeigen«, sagte sie immer.

Sie käme leicht drei Monate ohne ihn zurecht. Und wenn er zurückkehrte - welcher Anwalt hatte schon den Atlantik überquert? Sie wäre wohl sogar stolz auf ihn - nachher. Und seine Kanzlei? Die könnte sicher von

Dieter, dem Anwalt aus dem Nachbarort, für drei Monate übernommen werden. Sie vertraten sich seit Jahren regelmäßig während der Urlaubszeit.

Natürlich war das alles Unsinn. Aber wenn er schon zwei Stunden auf diesem verflixten Bahnhof warten musste, dann konnte er doch auch einmal träumen. Das hatte er sich wirklich verdient. Also - er könnte diese Nummer anrufen. Oder, noch besser, direkt nach Hamburg fahren. Sich persönlich vorstellen und sagen, dass er zu allem bereit sei. Der nächste Zug - mal sehen: ja, in 30 Minuten ging der ICE 'Altona' nach Hamburg. Ankunft Hamburg Hauptbahnhof 0 Uhr 14. Er könnte ein Hotel nehmen und nach dem Frühstück die angegebene Adresse im Yachthafen von Wedel aufsuchen. Was würde er brauchen? Sicher nicht seinen dunklen Anzug. Stattdessen Ölzeug, Segelschuhe, Gummistiefel, Medikamente, einen Schlafsack. Nun, das gab es alles in Hamburg. Und dann segelte er einfach nach Costa Rica. Er, Heiner Garbsen aus Weilenburg, würde seinen Jugendtraum wahr machen, würde Eigenheim und Frau und Mittelklassewagen den Rücken kehren und - ja was eigentlich? Anfangen zu leben?

Die Lautsprecherdurchsage weckte ihn aus seinen Träumen. »Auf Gleis 4 wird bereitgestellt: Stadtexpress nach Limburg über Hochstadt und Weilenburg, Abfahrt 20.31.«

So spät schon. Heiner ergriff seine Aktentasche und ging energisch zum Gleis. Da stand der Zug, der ihn zurückbringen würde in sein geordnetes Leben, zu Frau und Klienten, zu Mittelklassewagen und Schützenverein. Schluss mit den Träumereien und dem Selbstmitleid.

Schließlich gab es keinen Grund für eine Midlife-Crisis. Er war zurück in seinem Leben. Er sah wieder, wie die Menschen um ihn herum hasteten, die ankommenden ebenso wie die abfahrenden. Er hörte das Quietschen der Bremsen und sogar das Gurren der Tauben, die sich um Krümel stritten.

Und ebenso hörte er die nächste Durchsage der freundlichen Lautsprecherstimme: »Auf Gleis 3 fährt in wenigen Minuten ein: Der InterCityExpress 'Altona' von München nach Hamburg über Kassel-Wilhelmshöhe und Hannover. Bitte Vorsicht bei der Einfahrt des Zuges.«

Er sah die weiße Lok einfahren, dann kamen die 1-Klasse-Wagen, dann das Bordrestaurant, dann die 2.-Klasse-Großraumwagen. Laut kreischend kam der Zug zum Stehen, direkt gegenüber von dem, der ihn zurück nach Weilenburg bringen sollte. Seine Gedanken wirbelten durcheinander. Wenn er einfach in den Hamburger Zug stiege? Würde er je den Mut dazu haben? Einfach weggehen? Wie gelähmt stand er zwischen den beiden Zügen, der eine Richtung Süden, der andere Richtung Norden.

»An Gleis 4 zum Zug nach Limburg über Weilenburg bitte einsteigen - Türen schließen selbständig, Vorsicht bei der Abfahrt.«

Bewegungslos stand er da und starrte auf die sich schließenden Türen. Er musste doch mit - mit nach Weilenburg. Aber er konnte sich nicht rühren. Die Pfeife des Schaffners schrillte. Die Türen fielen ins Schloss. Ächzend setzte sich der Zug in Bewegung. Immer schneller begannen die Räder sich zu drehen. Erst als der letzte Wagen vorbeifuhr und die roten Rücklichter des Nahverkehrszugs kleiner wurden, kam das Leben zu Heiner zurück. Mit festem Schritt ging er auf den Hamburger ICE zu, öffnete die Tür und stieg die Stufen hinauf.

*****

Die Dame in Weiß

Steffi Müller

Fabian legt seinen Stift zur Seite, lehnt sich zurück und blickt über seinen Schreibtisch durch die staubigen Fenster auf Berlin hinunter. Die Stadt erscheint ihm fremd und kalt. Der Himmel vor seinem Fenster umwölkt die Stadt in bleiernem Grau. Menschenmassen schlängeln sich wie ein bedrohlicher Wurm durch die Straßen. Rastlos, mit gehetztem Blick und leeren Herzen. Tote Seelen, so scheint es ihm, die verlernt haben zu lachen und zu leben. Er erstickt im Sumpf dieser Großstadt. Fabian sehnt sich nach einem Ort, der nach Meer und Sommer duftet. Dorthin, wo er nie sein wollte. Er hatte keine Lust gehabt auf die Abi-Abschlussfahrt. Doch dann kam alles anders...

Liebes Tagebuch,

als ich dieser Frau begegnete, konnte ich kaum ahnen, wie sehr sie mich berühren würde. Christelle. Die Zauberhafte. Die Wunderschöne.

Sie stiegen geräuschvoll aus dem Reisebus. Es war ein später Vormittag. Die Julisonne brannte und weckte die Lebensgeister der Gruppe 18jähriger, die mit ihren beiden Begleitern zum Ende der Schulzeit an der Côte d'Azur gemeinsam Ferien machten. An der Ladeluke des Busses herrschte hektische Betriebsamkeit. Jeder wollte unbedingt der Erste an dem kleinen Zwei-Sterne-

Haus sein. Ein weiß getünchtes Haus mit zwei Türmchen rechts und links neben der Freitreppe. Die Eingangstür aus getöntem Glas bot einen einladenden Blick in das Foyer. Alle waren in Eile. Alle, bis auf einen. Fabian stand etwas abseits der Meute und betrachtete das Schauspiel mit verschlossener Miene. Er wartete ab, er hatte es nicht eilig.

»Na, was ist? Nimm deinen Koffer, Junge. Auf mich wartet ein frisch bezogenes Bett und ein kühles Bier. Das habe ich mir verdient. Also, hurtig, hurtig«, grollte der Busfahrer. Sein Kollege hatte längst den Weg zum Hotel eingeschlagen. Fabians Klassenkameraden waren auch unter viel Getöse am Eingang angekommen. Sie verschwanden vor seinen Augen durch das große Glasportal.

Also machte sich Fabian mit seinem Gepäck auf den Weg und haderte noch immer mit seinem Schicksal. Warum musste diese blöde Fahrt gerade jetzt stattfinden. Er wurde doch zu Hause gebraucht!

Liebes Tagebuch,

Ich habe begriffen, dass man sich selbst oft viel zu wichtig nimmt. Vielleicht benötigte meine Mutter einfach ein paar Tage für sich. Was war Schlimmes daran?

Nach der Zimmerverteilung fand sich Fabian zwischen drei Jungs und zwei Etagenbetten wieder. Seine Mitschüler hatten ihm ohne viel Federlesen das untere Bett an der linken Wand zugewiesen. Er nahm es zur Kenntnis, es war ihm sowieso egal. Dort saß er nun und beobachtete das Treiben der anderen, die lachend ihre Klamotten im Schrank verstauten. Um ihn kümmerte sich keiner. Das kam ihm gelegen, war er doch mit seinen Gedanken daheim bei seiner Mutter. Seit sein Vater ihr die neue Freundin präsentiert hatte, war sie völlig durch den Wind. Fabian beschloss, sie später anzurufen.

Im Vorübergehen rempelte Kolja ihn an und riss ihn aus seinen Gedanken.

»He, was ist los mit dir? Deine Miene löst gleich eine Sturmflut aus. Wir wollen jetzt zum Strand. Die französischen Mädels sollen sehr sexy sein. Wie steht es mit dir? Willst du nicht mitkommen?«

»Geht schon mal voraus. Muss mein Zeug noch wegräumen. Ich finde euch dann schon.«

Johlend verschwanden die drei Jungs durch die Tür.

Endlich war Fabian allein. Er ließ sich nach hinten auf das Bett fallen und starrte auf den Lattenrost über ihm. Kein besonders schöner Anblick. Er schloss die Augen. Sofort riss ihn die Erinnerung zurück in das Geschehen der letzten Tage. Er sah seine Mutter vor sich, die nicht verstand, warum sich ihr Sohn so gegen seine Abschlussfahrt sträubte.

»Fabian, du musst diese Fahrt machen. Côte d'Azur! Davon träume ich nur. Und du willst nicht fahren. Warum? Ich verstehe dich nicht. Wir haben lange darauf gespart. Und jetzt, wo es endlich soweit ist, hast du plötzlich keine Lust mehr. Was ist nur in dich gefahren?«

»Ich würde eben gerne in deiner Nähe bleiben. Jetzt, wo dein Mann, mein Vater, ständig betrunken ist. Und überhaupt, wer weiß, was er noch anstellt. Ich will einfach nicht, dass du alleine bist, Mama. Ich will da sein, wenn...«

»So, mein Sohn will also ein Held sein. Als ob das meinen Ehemann daran hindern würde, sein Flittchen mit in unsere Wohnung zu schleifen.«

»Aber darum geht es ja gerade. Ich will da sein, bei dir. Er soll wissen, dass du nicht alleine bist.«

Gelächter vor der Zimmertür brachte Fabian in die Gegenwart zurück. Schwerfällig erhob er sich vom Bett und machte sich daran, seine Sachen zu verstauen. Er zog sich eine kurze Hose an, streifte seine Sandalen über und tat einen tiefen Seufzer, bevor er das Zimmer verließ. Wenn er nun schon hier war, konnte er ja wenigstens mal den Strand begutachten. Für den heutigen Nachmittag gab es kein geplantes Lehrerprogramm mehr. Ab morgen würde sich das ändern.

Liebes Tagebuch,

die Côte d'Azur ist wunderschön. Doch erst durch Christelle habe ich das erkennen können. Sie hat mir beigebracht, mit allen Sinnen zu erleben. Alles. Alles!

Der Teenager blinzelte ins Licht. Er war so aufgewühlt gewesen, dass er seine Sonnenbrille im Zimmer vergessen hatte. Und an Sonnenschutz hatte er schon gar nicht gedacht. Es war früher Nachmittag, und alle Welt verbrachte die heißen Stunden in kühlen Räumen. Die wenigen Menschen die, ihm begegneten, waren

Touristen, die schon immer alles besser wussten. Sie stöhnten über die unerträgliche Hitze, fächerten sich mit Taschentüchern Luft zu und suchten vergebens nach einem schattigen Plätzchen. Er überquerte eine schmale Straße, die etwas höher lag als der Strand, und stand vor einer halbhohen Mauer aus Natursteinen. In regelmäßigen Abständen von Stufen unterbrochen, die ihn einluden. Er stieg hinab und zog seine Sandalen aus. Warmer Sand zwischen den Zehen ermutigte ihn, weiterzugehen. Schneller jetzt. Der feuchte Streifen vor der Gischt, kühl und schmeichelnd. Weißer Schaum verschluckte Fabians Füße. Seine Augen gefesselt von azurblauem Wasser, das sich nahtlos an den Himmel knüpfte. Flirrender Sand vor schäumender Gischt. Ein zarter Wind richtete den feinen Flaum auf seiner Haut auf. Etwas löste sich in seiner Brust. Er nahm einen tiefen Atemzug salziger Luft. Ja, er konnte noch lächeln. Konnte noch spüren, dass er am Leben war.

Er wusste nicht so recht, in welche Richtung er sich wenden sollte. Von seinen Schulkumpanen war weit und breit nichts zu sehen. Nur die Segelboote zogen draußen über's Meer, wie an einer Schnur aufgereiht. Gemächlich und ruhig. Unter weißen Federwölkchen, die wie hingepustet wirkten. Fabian kniff die Augen zu schmalen Schlitzen zusammen, um klarer sehen zu können. Ziellos und ohne Zeitgefühl schlenderte er weiter. Seine Füße spielten mit den Wellen, die sich mit dem Sand verpaarten. Möwen zogen zufrieden ihre Runden und blickten neugierig auf den einzigen Besucher hinunter.

Ohne zu wissen, wie weit er gegangen war, stieß er auf eine Landzunge. Sie ragte ein Stück ins Meer hinein.

Strandflieder zierte in leuchtendem Lila den Sand, der hier gröber wurde. Fabians Schritte wurden schneller. Dieser sich wandelnde Küstenstreifen zog ihn magisch an. Aus Steinen wurden Felsbrocken, die aus einem Kliff herausgebrochen waren. Er lief um eine Biegung herum und blieb erstaunt stehen. Eine kleine Grotte im Felsen weckte seine Neugier. Fabian riskierte einen Blick hinein. Doch seine Augen konnten nichts Ungewöhnliches finden. An einem größeren Stein neben der Höhle ließ der Teenager sich nieder. Der Singsang des Meeres und die Hitze machten ihn schläfrig. Meer und Himmel verschmolzen miteinander, und die weißen Möwen rückten in weite Ferne. Er wehrte sich nicht dagegen, als seine Augenlider schwer wurden.

Liebes Tagebuch,

nie vergesse ich diesen Augenblick, als ich sie das erste Mal erblickte. Ein Engel in einem weißen Kleid. Statuenhaft im Gegenlicht der Sonne.

Er konnte später nicht sagen, wie lange er dort im Schlummer gesessen hatte. Als er zu sich kam, stand die Sonne bereits tief über dem rot gefärbten Meer und warf lange Schatten in den Sand. Er fröstelte und bemühte sich, das Strandnickerchen abzuschütteln. Der Junge rappelte sich auf, um aus dem Schatten wieder in das wärmende Licht zu gehen. Er beschloss, den Rückweg anzutreten.

Da sah er sie! Sie stand mit dem Rücken zu ihm und bis zu den Unterschenkeln im Wasser. Ihr Blick suchte das Meer, während sich ihr Körper im Takt des Windes wiegte. Fabian duckte sich hinter den Felsen, an dem er geruht hatte, und beobachtete sie. Die Frau war hochgewachsen und gertenschlank. Ihr blondes Haar fiel ihr in Wellen über die Schultern und wurde von einem großen weißen Hut gehalten. Das lange Kleid war so hauchdünn, dass der Wind deutlich ihre Silhouette abzeichnete und mehr verriet, als das Kleid zu verbergen vermochte. Gebannt schaute Fabian zu dieser Frau hinüber. Dann suchten seine Augen den Strand nach Gefährten ab. Doch niemand außer ihm und ihr waren hier. Warum war so eine schöne Frau ganz allein hier? Was suchte ihr Blick dort draußen am Horizont? Was gab es dort, was Fabian nicht sehen konnte?

Er beobachtete, wie sie mit einer grazilen Bewegung eine rote Rose hinaus auf das Meer warf. Dann stand sie wieder nur still da. Der Junge rührte sich nicht vom Fleck. Er spürte plötzlich ein Kribbeln in der Nase und konnte das darauffolgende ›Hatschi‹ nicht verhindern.

In diesem Moment wandte sich die Frau zu ihm um und kam langsam auf ihn zu. Der Junge zog den Kopf ein und wagte keinen Blick mehr. Er machte sich so klein wie es eben ging und kauerte im Sand, während er sich dicht an den Felsen drückte und den Atem anhielt. Hatte sie ihn bemerkt? Sie ging mit leichten Schritten in die Grotte hinein. Der Felsbrocken, hinter dem Fabian hockte, hatte ein kleines Loch, durch das Fabian sie beobachten konnte. Endlich sah er ihr Gesicht. Gebräunte Haut zog sich glatt über hohe Wangenknochen. Sie hatte eine schmale, sehr gerade Nase. Ihr Mund wurde von vollen Lippen eingerahmt. Ihr makelloser Hals ließ die Schönheit ihres nackten Körpers erahnen.

Fabian erwischte einen Blick in ihre wasserblauen Augen und vergaß beinahe, dass er sich vor ihr verbarg. Nie hatte er eine schönere Frau gesehen. Ein ihm fremdes Gefühl ergriff Besitz von ihm. Ein nervöses Kribbeln auf der Haut. Einen Herzschlag lang pures Staunen. Er wusste, dass ihm nicht nur von der Sonne heiß war. Die Frau hatte in der Höhle unter einem Stein ihr Handtuch und eine Strandtasche abgelegt. Sie griff danach, trocknete sich die Beine, schob das Handtuch in die Tasche und ging an ihm vorüber. Fabian wagte keine Bewegung. Sie schritt langsam aber beharrlich in Richtung Dorf. Sie schaute nicht zurück.

Sogleich fühlte Fabian Enttäuschung, gepaart mit einer großen Portion Erleichterung, dass er unbemerkt geblieben war. Er saß noch eine Weile dort im kühler werdenden Sand. Erst als die Dame in Weiß nur noch ein Punkt am Horizont war, rappelte er sich auf und machte sich auf den Heimweg.

Liebes Tagebuch,

ich habe die Tage mit dem Zählen der Stunden verbracht, bis wir nach anstrengenden Exkursionen am Abend in die Freizeit verabschiedet wurden. Nichts zog mich magischer an als Christelle.

Der nächste Tag brachte einen Ganztagesausflug nach Cannes. Alle 13 Mädels der Klasse schnatterten bereits beim Frühstück aufgeregt wie junge Hühner durcheinander. Sie hatten zu diesem Zeitpunkt schon zig-mal ihr Taschengeld gezählt und sich vorgeplappert, was sie von ihrem Geld alles kaufen würden. Alle erzählten sie von dem schönsten Ort der Region, obwohl noch keine von ihnen je dort gewesen war. Man geriet ins Schwärmen und überbot sich mit Beschreibungen, die man zu Hause vorsorglich im Internet recherchiert hatte. Die Jungs verfolgten ein anderes Ziel: die Töchter der Reichen und Schönen zu bestaunen, was ihnen sonst nur vor dem Fernseher möglich war.

Für Fabian zog sich der Ausflug endlos dahin. Seine Gedanken kreisten um den gestrigen Tag. Als die kleine Menschentraube sich in Bewegung setzte, um das Grab von Klaus Mann (dem Sohn des Dichters Thomas Mann) zu suchen, trottete Fabian lustlos hinterher. Seine Zeit steckte in einem verstopften Stundenglas fest. So fühlte er sich. Wieder einmal genötigt, an einem Ort zu sein, an dem er nicht bleiben wollte.

Nachdem die Klasse das Pflichtprogramm hinter sich gebracht hatte, ging es endlich zur berühmten Flaniermeile, dem ›Boulevard de la Croisette‹. Während die Jungs über die Wärme und müde Füße stöhnten, schwärmten die Mädchen in alle Richtungen davon. Seine Kumpels sah Fabian mit hochgekrempelten Ärmeln und dunklen Sonnenbrillen, Baggy-Jeans, die einen Blick auf ihre Unterhose frei gaben, und Baseballkappen von dannen ziehen. Er verlangsamte seine Schritte und suchte den nächsten Souvenirshop auf, um eine Ansichtskarte zu kaufen. Die würde er später an seine Mutter schreiben.

Obwohl die Promenade einiges zu bieten hatte, besorgte er sich nur noch zwei Kugeln Eis und schlenderte in Richtung Busparkplatz. Die kleine Rasenfläche dort reichte ihm, um sich auszuruhen. Immer wieder wanderten seine Augen auf die Armbanduhr. Die Rückfahrt war auf 17 Uhr festgesetzt, doch die Zeit war wie festgenagelt. Seine Gedanken liefen voraus zum Strand, zur Bucht. Ob sie heute auch dort war? Ob sie jeden Tag kam? Wohnte sie vielleicht in der Nähe? Oder gar im gleichen Dorf? Nein, eine solche Schönheit passte nicht in ein Fischerdorf. Wer war sie nur? Und warum schaffte er es nicht, seine Gedanken von ihr abzuwenden?

Drei Stunden später

Der Teenager flitzte über die Uferstraße. Niemand hatte sein Verschwinden bemerkt. Er lief, so schnell er konnte, durch den noch warmen Sand Richtung Bucht. Er wünschte sich inständig, die schöne Frau wieder zu sehen. Doch was, wenn sie ihn bemerkte, bevor er sich verstecken konnte? Was tat er da überhaupt? Während sein Kopf noch zweifelte, liefen seine Beine weiter. Außer Atem erreichte er die Landzunge. Die Höhle lag bereits völlig im Schatten. Er drückte sich an den Steinen entlang, und da stand sie tatsächlich. Den Blick auf das Wasser gerichtet, wie gestern. Fabian war von Ehrgeiz gepackt, herausfinden, was diese Frau so beharrlich suchte. Er duckte sich wieder hinter den Felsen und beobachtete sie. Kaum hatte er sich dort niedergelassen, kam sie auch schon auf die Höhle zu. Sie ging zu ihren Sachen. Fast schon glaubte er, zu spät gekommen zu sein. Doch heute tat sie etwas, womit Fabian nicht gerechnet hatte. Zuerst trocknete sie ihre Beine, dann zog sie den breiten Hut vom Kopf. Sie schüttelte ihre blonde Mähne und sah in Fabians Richtung.

»Willst du mir nicht guten Abend sagen, statt dich hinter diesem Stein zu verstecken wie ein Dieb?«

Fabian setzte sich vor Schreck auf den Hintern. Sie hatte ihn also doch bemerkt. Er schluckte, nahm dann all seinen Mut zusammen und stand langsam auf. Jetzt war er es, der reglos dastand und keine Antwort wusste. Sie schaute ihn mit freundlichen Augen an und lächelte sanft. Er versuchte sein Glück.

»Sie sprechen deutsch. Woher wissen Sie, dass ich aus Deutschland komme?«

»Nun, ich habe heute Morgen dein Gesicht wiedererkannt, als eine Horde ziemlich lauter Teenager im Dorf in einen Bus stieg.

»Sie haben mich also gestern auch schon bemerkt?«

»Natürlich. Hier kommt sonst kaum jemand her. Und die wenigen Menschen, die das tun, kenne ich alle. Du gehörst nicht dazu.«

»Und woher wussten Sie, dass ich wiederkommen würde?«

»Oh, das wusste ich nicht. Aber ich habe deinen Blick im Rücken gespürt. Da war ich mir sicher, dass du der Junge von gestern bist.«

Jetzt schämte sich Fabian.

»Tut ... mir leid... ich wollte nicht ... spionieren. Ich hatte nur Langeweile und keine Lust auf meine Kumpels.«

Die Frau setzte sich in den Sand und tippte mit der Hand leicht auf den Boden. Wollte sie wirklich, dass er sich neben sie setzte? Er schluckte den Kloß im Hals hinunter und ging zögernd um den Felsen herum. Langsam ließ er sich neben ihr nieder. Seinen Blick hielt er gesenkt, legte die Hände in den Schoß und suchte nach den passenden Worten. Da fiel es ihm wieder ein.

»Sie haben meine Frage nicht beantwortet.«

»Welche?«

»Ich sagte, Sie sprechen deutsch.«

»Das ist keine Frage, sondern eine Feststellung. Aber wenn du es wissen möchtest, meine Großeltern kamen aus Deutschland. Kriegsemigranten. Sie lebten hier draußen am Meer. Meine Großmama gab sich sehr viel Mühe, mir ihre Muttersprache beizubringen. Heute bin ich ihr dankbar. Es gibt hier im Sommer sehr viele deutsche Touristen.«

»Ja, ich bin einer von ihnen.« Was redete er nur für Mist. Ich bin einer von ihnen? Das weiß sie doch selbst! Er unternahm einen neuen Versuch ein sinnvolles Gespräch zu führen.

»Warum sind Sie hier? Ich meine, wie es aussieht jeden Tag, ganz allein, an derselben Stelle?«

»Ganz schön viele Fragen für eine so kurze Begegnung. Meinst du nicht?«

Fabian spürte die Röte, die über seine Wangen schoss. Er musste jetzt etwas Sinnvolles sagen. So sehr er sich auch mühte, seine Gedanken liefen ins Leere.

»Tut mir leid. Ich wollte nicht neugierig sein.«

»Du musst dich nicht entschuldigen. Ich kann verstehen, dass es einem Fremden seltsam erscheinen mag.«

Sie sah auf ihre Uhr und stand auf.

»Ich muss jetzt zurück. Auf dem Parkplatz wartet mein Chauffeur, um mich in mein Haus zu bringen.«

»Sie wohnen also hier? Ja … dann … vielleicht bis morgen?«

Die Frau lächelte und ging.

Fabian sah ihr lange nach. Er war fasziniert und glücklich zugleich. Er konnte sich mit ihr verständigen. Sie würde wiederkommen. Das war fantastisch. Morgen würde er es besser machen. Morgen würde er nicht so dummes Zeug reden und herum stammeln. Ja, morgen. Die Schöne war aus seinem Blickfeld verschwunden.

Fabian klopfte sich den Sand von der Hose und ging zurück zum Dorf. Ein Schmunzeln umgab seine Mundwinkel, als er Max entdeckte, der ihm aufgeregt entgegenlief.

»Wo bist du gewesen? Kunze dreht gleich durch. Er ist dabei, die Gendarmerie zu rufen.«

»Du übertreibst mal wieder.«

»Das war mein Ernst.«

»Dann sollte ich mich jetzt beeilen.« Fabian entschied sich dagegen, sich Sorgen zu machen. Er war glücklich. Das konnte ihm keiner nehmen. Er würde sich bei seinem Lehrer einfach entschuldigen.

»Wissen Sie eigentlich wie spät es ist, junger Mann?«

»Ehrlich gesagt, nein. Ich habe keine Uhr dabei.«

Kunze rümpfte die Nase. Er musste sich ein wenig auf die Zehenspitzen stellen, um dichter an Fabians Gesicht heran zu kommen. Der Lehrer versuchte eine drohende Miene. Heraus kam dabei eher eine alberne Fratze.

»Wo sind Sie gewesen?«

»Keine Sorge, Herr Kunze, ich habe nichts getrunken, ich habe nicht geraucht und es gibt auch sonst nichts Aufregendes zu berichten. Ich war spazieren, sonst nichts.«

»Das soll ich Ihnen glauben?«

»Ja.«

Kunze musterte Fabian ganz genau. Er suchte nach einem Hinweis in seinen Augen, schnupperte an ihm und fand nichts.

»Warum grinsen Sie so? Wollen sie mir vielleicht doch etwas sagen?«

»Ich habe es bereits erklärt. Ich war spazieren.«

»Hmm, zischen Sie ab. Ich behalte Sie im Auge. Nur damit Sie es wissen.«

Kunze hatte nie einen Draht zu diesem Schüler gefunden. Er war einfach zu verstockt.

Fabian verabschiedete sich und ging. Da tauchte Max an seiner Seite auf.

»He, Alter, mir kannst du es sagen.«

»Was denn?«

»Na, wo du warst zum Beispiel.«

»Jetzt nervt es langsam.«

Doch Max ließ nicht locker.

»Ich dachte, wir sind Freunde.«

Fabian sah ihn an und meinte:

»Du bist mein Freund. Aber es gibt nichts zu sagen.«

Mit schnellem Schritt brachte er sich aus der Nähe von Max und beeilte sich, sein Zimmer aufzusuchen. Dort wurde er ähnlich empfangen.

»Man, wo treibst du dich herum? Das halbe Hotel hat nach dir gesucht. Kunze ...«

»... wollte die Gendarmerie rufen. Weiß ich schon.«

»Und?«, fragte Tom noch einmal nach.

»Was und? Es gibt keine spektakulären Neuigkeiten. Ihr könnt euch alle beruhigen. Ich war nur am Strand.«

Damit ließ er die drei Jungs einfach stehen und verschwand im Badezimmer. Etwas später kramte er sein Buch aus der Tasche und legte sich ins Bett. Den Rücken zur Raummitte drehend, machte er deutlich, dass für ihn das Thema erledigt war.

Liebes Tagebuch,

ich traf Christelle an jedem Abend. Wir verstanden uns prächtig. Sie war lustig und hatte immer etwas zu erzählen. Nur manchmal wanderte ihr Blick hinaus auf das Meer. Dann sah ich wieder die Traurigkeit in ihrem Blick.

Für den nächsten Tag war eine Wanderung durch den ›Grand Canyon du Verdon‹, einer Schlucht in der Provence, geplant. Ausgerüstet mit festem Schuhwerk, Rucksack und Wanderstöcken bestiegen die Teenager und ihre beiden Lehrer wieder den Bus. Fabian suchte sich einen Fensterplatz im hinteren Teil und hoffte, dass der Nachbarsitz frei blieb. Doch Max hatte ihn schon entdeckt. Er ließ sich neben seinem Freund in den Sitz fallen und legte sofort los.

»Warum gehst du mir aus dem Weg?«

»Tue ich gar nicht.«

»Und was war das dann gestern?«

Fabian sah zu Max rüber, dachte kurz nach und meinte:

»Hör zu. Meine Eltern lassen sich scheiden. Ich bin gerade nicht in Stimmung, okay? Ich brauche einfach meine Ruhe.«

Max legte die Stirn in Falten und antwortete:

»Das ist ja ziemlicher Mist. Tut mir leid, Alter.«

»Mir nicht! Mein Vater ist ein Arschloch.« Damit blickte Fabian zum Fenster hinaus und konzentrierte sich auf die vorbeiflitzende Landschaft. Doch seine Gedanken wanderten schon bald wieder ab. Er nahm seine Umgebung kaum wahr, merkte nicht, dass er lächelte und sah das Bild von Christelle vor sich. Sie war ganz nah. Sie saß bei ihm im Bus, scherzte und lachte mit ihm. Er sah sie beide durch eine Schlucht wandern. Der Himmel strahlte. Christelle hatte ihren Arm um seine Taille gelegt und ihr Kopf lehnte an seiner Schulter. Da bekam er von Max mit dem Ellbogen einen kräftigen Stoß in die Rippen. Fabian fuhr auf.

»Spinnst du?«

»Ich lasse mich nicht gern veräppeln.«

»Ich habe dich nicht veräppelt.«

»Ach so. Du erzählst mir mit Leidensmiene von deinen Eltern. Und plötzlich starrst du aus dem Fenster und lächelst?«

Sollte Fabian ihm von der schönen Unbekannten erzählen? Würde sein Freund das Geheimnis für sich behalten? Er entschied sich dafür, Max die Wahrheit zu sagen. Wäre ja möglich, dass er einen Verbündeten brauchte.

»Also gut. Du gibst ja doch keine Ruhe. Aber versprich mir zuerst, dass du es niemandem sagst.«

Max presste die Lippen aufeinander, klebte mit den Händen ein unsichtbares Pflaster auf seinen Mund und gab seinem Freund ein Handzeichen, um zu sprechen.

»Ich habe jemanden kennengelernt. Sie ist einfach fabelhaft.« Das reichte fürs Erste. Max machte große Augen und staunte.

»Alter Schwede! ... Und du triffst sie jeden Abend?«

Fabian nickte.

»Sieh an, der schweigsame Einsiedler begibt sich heimlich auf Freiersfüße. Das haut mich um.«

»Psst, nicht so laut, man!«

Erschrocken blickte Fabian in die Runde. Einige machten ein Nickerchen, andere aßen aus ihrem Lunchpaket, wieder andere versuchten, ein paar Fotos zu schießen. Die Mädels saßen in der Mitte des Busses und trällerten ein paar alte Schlager. Dann bemerkte er Kunze, der mit hochrotem Kopf genervt zu den Mädels blickte. Keiner hatte ihr Gespräch belauscht. Seine Anspannung löste sich.

»Willst du dich heute auch wieder davonschleichen?«.

»Unbedingt!«

Max schien Gefallen an diesem Abenteuer zu finden und fragte wie nebenbei:

»Stellst du sie mir vor?«

»Nein!«

»Okay, ist ja schon gut. Du tust ja gerade so, als sei sie Aphrodite.«

Wenn du wüsstest, dachte Fabian. Doch das behielt er für sich.

Der Bus stoppte in Castellane. Dort stieg die ganze Truppe aus und machte sich bereit für die Wanderung. Der Himmel trug ein hellblaues Kleid. Keine Wolke verstellte der Sonne den Blick zur Erde. Das Gelände war steinig und uneben. Imposant ragten links und rechts felsige Berge in den Himmel. Der obere Teil zeigte sich nackt, während der untere Teil seinen Besuchern noch genügend Grün bot, um Schatten zu spenden. Max und Fabian hatten sich etwas zurückfallen lassen. Sie schossen ein paar Fotos und trotteten bedächtig hinter der Gruppe her. Bald fanden sie ein paar alte Bänke. Dort machte die Gruppe Rast. Die meisten ließen sich im Gras nieder, zogen ihre Socken aus und steckten die Füße ins kühle Nass des Verdon.

»Wie willst du es anstellen heute Abend?«

»Mir war nicht bewusst, wie neugierig du sein kannst.« Fabian gab Max einen Klaps auf den Hinterkopf.

»Darüber denke ich auch gerade nach. Mir ist noch nichts Passendes eingefallen.«

Stolz richtete Max sich kerzengerade auf und sagte:

»Aber mir. Wir geben vor, am Strand noch Beachball zu spielen. Dann nimmst du die Beine in die Hand und ich nehme einen anderen Aufgang zur Straße. Das Hotel hat auch einen kleinen Hintereingang, vom Parkplatz aus. Dort schlüpfe ich wieder rein und schleiche mich auf mein Zimmer. Was hältst du davon?«

»Warum willst du mir unbedingt helfen?«

»Weil … weil … ich manchmal eben gerne wie du wäre. Mir passiert so etwas nicht. Für mich hat sich noch kein Mädchen interessiert.«

»Das bildest du dir ein. Mach doch selbst den Anfang und sprich eine an.«

»Du hast gut reden.«

Fabian wusste, dass Max sich nicht trauen würde. Er war kein besonders hübsches Exemplar. Er war sehr klein, trug eine Brille, hatte Sommersprossen und sein Kopf war mit roten Locken übersät. In der Schule wurde er für sein Aussehen permanent gehänselt. Mit einer

Ausnahme, Fabian. Der behandelte ihn immer wie jeden anderen. Also tat Max das, was er für vernünftig hielt, und hängte sich an den stillen Jungen, der selbst ein Außenseiter war.

Die Stimme von Kunze ertönte, und die Gruppe sammelte sich, um die Wanderung fortzusetzen. Ein paar Kilometer hatten sie noch vor sich. Die Stimmung war gut. Mit jedem Schritt schlug Fabians Herz ein wenig schneller, denn der Abend rückte näher.

Liebes Tagebuch,

an jenem Abend habe ich den Grund dafür erfahren, warum sie dort so einsam auf das Meer hinaus sah. Ihre Geschichte hat mich sehr berührt. So sehr ich es versuchte, ich konnte ihren Schmerz nicht abwenden.

Dieses Mal hatte der Teenager sie bereits aus der Ferne entdeckt. Als er nah genug heran war, winkte sie ihm lächelnd entgegen. Bevor er sie erreicht hatte, zog sie sich in den Schutz der Höhle zurück. Fabian war völlig außer Atem, als er an der Grotte ankam. Er ließ sich neben ihr nieder und geduldete sich, bis er wieder ruhiger atmen konnte. Er erzählte ihr, wie er an diesem Abend den Lehrern entkommen war. Fabian hatte sich auf den Vorschlag von Max eingelassen. Sie hatten Sportsachen übergestreift und waren mit einem Volleyball unter dem Arm zum Strand gegangen. Gegenüber vom Hotel waren mehrere Netze gespannt. Dort warfen sie ein paar Bälle. Dann lief Fabian los und Max machte sich unsichtbar.

Es war deutlich später als an den vergangenen beiden Tagen. Daher war er glücklich, dass er sie noch antraf.

»Ich freue mich, dass Sie gewartet haben.« Sie quittierte seine Freundlichkeit mit einem Lächeln und bemerkte:

»Nun treffen wir uns schon zum dritten Mal und ich kenne deinen Namen noch immer nicht.«

»Das stimmt. Natürlich hätte ich mich vorstellen müssen. Gott, ist das peinlich. Ich heiße Fabian, bin 18 Jahre alt und mit meiner Abiklasse hier. Das ist sozusagen unsere letzte gemeinsame Fahrt.«

Sie schaute ihn still an. Etwas ging ihr durch den Kopf. Aus ihrer Miene konnte er nichts lesen.

»Dann ist es wohl nun an mir, meinen Namen zu nennen.«

»Ja, ich denke, das wäre der richtige Moment dafür.«

Beide lachten.

»Mein Name ist Christelle Lefevre. Du kannst mich Christelle nennen.«

»Okay, dann ab jetzt Christelle.«

Sie nickte und musterte ihn.

»Ich habe darüber erst eine Zeit nachdenken müssen. Aber jetzt bin ich mir sicher. Ich werde dir eine Geschichte erzählen. Sie wird deine Fragen beantworten.«

»Okay.«

Sie sah ihn nicht an. In ihrem Kopf schienen Bilder zu sein, die sie nicht los wurde.

»Alexandre, mein Ehemann, hatte damals auch seine Ferien mit den Eltern hier am Meer verbracht. Wir haben uns hier kennengelernt. Und hier haben wir auch geheiratet. An diesem Strand. Wir waren beide sehr jung. Aber es war die große Liebe. Ein Jahr später wurde unser Sohn geboren. Wir gaben ihm den Namen von Alexandres Großvater, Marc-André. Er liebte das Meer. Das Schwimmen hat er noch bei seinem Großvater gelernt. In den Schulferien war er bis zum letzten Ferientag hier. Er wollte gar nicht mehr zurück. Wir mussten uns anstrengen, ihn zu überzeugen, dass auch Marseille ein wunderbarer Ort ist.«

Christelle machte eine Pause. Sie versank in der Erinnerung und suchte nach den richtigen Worten.

»Marc-André war ein aufgewecktes Kind. Und er war sehr klug. Sein Großvater nahm ihn auf seinem kleinen Kutter mit zum Fischen. Der alte Mann hat ihm alles beigebracht, was er über das Meer wissen musste. Unser Sohn kannte jedes Sandkorn hier und hatte vor nichts Angst. Kaum, dass er groß genug war, zog es ihn zum Surfen. Ganz in der Nähe gibt es eine Eliteschule mit sehr guten Lehrern. Sie kommen alle aus dem Profisport. Es dauerte nicht lange, da hatte er die anderen Kinder in seinem Alter abgehängt. Selbst die Älteren hatten Respekt vor seinen Leistungen. Marc-André wurde eine richtige Wasserratte. Sein Großvater ärgerte ihn manchmal, tat so, als ob er ihm mit Zauberei Kiemen wachsen lassen wollte. Aber der Junge wurde älter und sein geliebter Großvater starb. Marc-André wollte das einfach nicht akzeptieren. Sein Ausweg war der Sport. Er trainierte wie ein Besessener. Er wollte unbedingt auf eine Sportschule, und er blieb im Internat. Unser Sohn bestritt viele Wettkämpfe, er gehörte immer zu den Besten. Du hättest seine vielen Pokale sehen sollen.«

Der Stolz einer Mutter brachte ihre Augen zum Leuchten. Eine lange Pause entstand, bevor Christelle weitersprach. Fabian ließ ihr Zeit. Er spürte, wie sehr sie sich quälte. Spürte, dass sie sich in einer anderen Zeit befand. Weit weg von der Grotte und seiner Gesellschaft.

***

»Der Arzt hat dir den Start verboten. Du hast Fieber. Es tut mir leid, mein Sohn. Aber das kann ich nicht zulassen.«

»Nein, es tut dir nicht leid. Mein Arzt hat keine Ahnung, Maman. Es geht mir gut genug für den Start. Es ist nur eine kleine Erkältung.«

»Marc-André, sei vernünftig. Ich weiß, was es dir bedeutet. Doch so hat es keinen Sinn.«

»Nein, das weißt du nicht. Ich habe trainiert dafür. Jeden Tag, wie ein Irrer. Ich habe Großvater damals versprochen, dass ich eines Tages Weltmeister werden würde. Der Start heute ist meine große Chance. Und das lasse ich mir nicht nehmen.«

»Dann werde ich es dir verbieten. Dein Vater wird dich zum Internat bringen.«

Christelle wandte sich um und hielt Ausschau nach ihrem Gatten. Alexandre stand noch immer bei Doktor

Delon. Sie sah, wie er sich verabschiedete und auf Christelle zu lief.

»Der Arzt sagt, es sei besser, wenn er es bleiben ließe. Er meint, es könnte darauf eine schwere Lungenentzündung folgen.«

»Dann sag es deinem Sohn selbst. Er ist stur wie ein Esel und hält mich gerade für einen Spielverderber.«

Sie schauten sich beide nach dem Jungen um, doch sie konnten ihn nicht finden.

»Gerade stand er doch noch hier. Direkt neben mir.«

Alexandre strich ihr zärtlich über die Wange, als er meinte:

»Lass ihn ziehen. Er ist sauer. Ist doch verständlich.«

Christelle spürte eine innere Unruhe, die nur Mütter spüren, wenn etwas nicht stimmt. Sie blickte weiter suchend um sich. Alexandre drückte sie an sich und meinte:

»Komm schon, er beruhigt sich schon wieder. Lass uns noch ein bisschen den Startern zuschauen.«

Sie gingen Arm in Arm zum Schauplatz des Geschehens weiter hinunter zum Wasser. Dort sahen sie großartigen Surfern zu. Alle riskierten viel, um zu zeigen, was sie draufhatten. Hier kämpften heute nur noch die Besten der Besten. Christelle war hin und her gerissen. Natürlich wusste sie, dass Marc-André sie alle würde schlagen können. Sie fühlte sich auf einmal tatsächlich wie ein Spielverderber. Mit Ferngläsern schauten sie den anderen Jungs zu, als sie plötzlich Marc-Andrés Namen hörten. Er hatte sich über ihr Verbot hinweggesetzt und wurde als nächster Starter bereits angekündigt. Christelles Herz setzte einen Schlag aus. Eine Mischung aus Ärger und Angst ließ sie zittern.

»Wir müssen das verhindern.« Sie wollte zu den Wertungsrichtern laufen, doch ihr Mann hielt sie zurück.

»Lass gut sein. Du kannst ihn nicht davon abbringen. Er ist 18 Jahre alt. Er wird schon wissen, was er tut.«

Alexandre sah in Christelles Augen und fügte hinzu:

»Außerdem ist er der Beste. Das weißt du doch.«

Beide griffen nach ihren Ferngläsern und sahen dem Wellenritt ihres Sohnes zu. Alles lief bestens. Jubelschreie ertönten ringsumher. Viele sahen ihn bereits als Sieger. Doch plötzlich änderte der Wind seine Richtung. Marc-André geriet aus dem Gleichgewicht. Er stürzte in die Welle hinein. Im nächsten Augenblick war er verschwunden. Christelle schrie seinen Namen, schlug wild mit den Armen. Sie lief am Strand auf und ab und wusste doch, dass sie nichts tun konnte. Da tauchte der Junge wieder auf, versuchte auf das Brett zu kommen. Marc-André neigte dazu, umstehende Besucher mit gewagten Stunts zu erschrecken. Daher bemerkte die Rettungsmannschaft zu spät, dass es dieses Mal keine Showeinlage von ihrem besten Sportler war, sondern bitterer Ernst. Die Wellen schlugen über Marc-André zusammen. Es schien eine Ewigkeit zu dauern, bis sein Kopf erneut zu sehen war. Er trieb bereits weit hinter der letzten Welle. Auf dem offenen Meer. Seine Arme signalisierten, dass er in Not war. Er schrie um Hilfe. Doch seine Rufen kamen nicht an. Seine Kräfte schwanden schnell. Das Wasser beruhigte sich. Die Sonne spiegelte ihr Antlitz in den Wellen. So, als wäre nichts geschehen. Wenige Minuten später starrten alle Augen auf den leblosen Körper, den das Wasser sanft schaukelte.

***

Fabian schwebte zwischen Mitleid und Entsetzen. Er legte seinen Arm um sie. Woher er wusste, dass sie sich das jetzt wünschte, war ihm nicht klar. Behutsam streichelte er ihr Gesicht. Wie schön sich das anfühlte. Von ihrer weichen Haut ging ein besonderer Duft aus. Ein zarter Hauch von Zitrone und Vanille. Er hatte sich diese Berührung so gewünscht. Doch im selben Moment schämte er sich. Weil er sich ihre Trauer zunutze machte. Aber Christelle ließ es geschehen. Sie spürte, wie gut ihr die Hand des Jungen tat. Sie war dankbar, dass er sie nicht drängte, weiterzusprechen. Für einen Augenblick vergaß sie, dass er nur ein Junge war. Ein Fremder, der schon bald nicht mehr da sein würde.

Christelle ließ ihren Kopf an seine Schulter sinken. Einen Moment zu lange vielleicht. Fabian sah die Träne, die sich löste. Seine Berührung war nur ein Hauch, als er das salzige Nass von ihrer Wange wegküsste. Plötzlich zögerte er, wusste nicht, ob er es wagen sollte. Doch sein Wunsch war stärker als seine Scheu. Seine Lippen fanden die ihren. Ganz zaghaft. Christelle ließ sich darauf ein. Er hielt sie fest umschlungen, stieß seine Zunge jetzt heftiger zwischen ihre Lippen. Doch Christelle löste sich aus seinem Griff. Sein Drängen war ihr unangenehm. Fabian senkte verlegen seinen Blick. Er konnte nicht begreifen, dass sie es zugelassen hatte und ihn dann doch ablehnte. Seine aufgewühlte Seele verstand das alles nicht.

»Lass mich dir den Rest der Geschichte erzählen.«

»Nein, für heute ist es genug. Ich will dich nur noch ansehen. Bitte lass mich dich ansehen.«

Christelle war zu schwach, um seinen Wunsch seltsam zu finden. Sie saß still da und gab nach. Ihre innere Unruhe legte sich. Nach einer Weile fragte sie ihn:

»Und? Gefällt dir was du siehst?«

»Ja, sehr.« Der Junge zog sie wieder an sich. Arm in Arm sahen sie der blutroten Sonne zu, wie sie im schwarz funkelnden Wasser verschwand. Sie schwiegen und genossen die Nähe des Anderen. Eine Zeit später sprach Christelle:

»Du solltest jetzt gehen. Man vermisst dich sicher schon wieder.«

»Das ist sehr wahrscheinlich.«

»Was wirst du sagen, wenn man dich fragt?«

»Auf keinen Fall die Wahrheit.« Beide kicherten leise. Sie hatten beide Gefallen an Fabians kleinem Geheimnis gefunden. An diesem Abend, im Schutz der Dunkelheit, verließen sie gemeinsam diesen Ort. Hand in Hand gingen sie langsam zum Dorf zurück.

Christelle verabschiedete sich erst, als sie schon die Lichter des Dorfes erblickten. Heute fuhr sie allein zu ihrem Haus zurück.

Fabian war auf der Hut, um nicht gesehen zu werden. Er wollte es wie Max machen und lief am Aufgang zum Hotel vorbei. Er beeilte sich, den Hintereingang vom Hotel zu finden. Alles schien ruhig, niemand war zu sehen. Der Portier schloss diese Tür erst ab, wenn das übrige Personal am späten Abend das Hotel verlassen hatte. Auf Zehenspitzen lief er über den Flur zu seinem Zimmer, die Schuhe in der Hand. Seine Zimmergenossen grinsten ihm entgegen, stellten aber keine Fragen. Sie hatten sich längst ihren Reim auf sein Verschwinden gemacht. Und sie wussten, dass ihr schweigsamer Bettnachbar sie sowieso nicht aufklären würde. Doch Verrat kam nicht in Frage. Das war ein ungeschriebenes Gesetz, an das sich alle hielten.

Christelle

Er hat sich verändert. Am Anfang war er ängstlich. Doch nun kommt er mir sehr männlich vor. Oder habe ich mein Bild von ihm verändert? Ich kann nicht leugnen, dass er mich fasziniert. Wie ist das möglich? Ein 18jähriger Junge! Er hat so gar nichts gemein mit Alexandre. Mit keinem der Männer, die mir bisher begegnet sind. Und doch zieht mich etwas zu ihm. Er ist groß und er hat breite Schultern. Wenn er mich anschaut, spüre ich die Wärme in seinem Blick. Aber auch sein Verlangen. Und mein eigenes. Das ist kein Wunder. Seit Alexandre mich verlassen hat, gab es keinen Mann mehr in meinem Leben. Gott, seit einem Jahr bin ich schon solo. Aber wie soll es mit Fabian gehen? Er könnte mein Sohn sein. Und in drei Tagen wird er mich verlassen. Trotzdem. Ich mag seine grünen Augen mit den kleinen braunen Sprengeln darin. Ob er weiß, wie hübsch er ist? Ich glaube nicht. Sein lockiges Haar, ich möchte so gern darin herumwühlen. Doch ich habe Angst, vielleicht zu viel von ihm zu wollen, ihm zu viel von mir zu geben. Wäre da nur nicht dieses brennende Verlangen.

Kalte Hände legten sich auf Christelles Schultern. Damit holte Fabian sie in das Jetzt zurück.

»Du hast mich erschreckt.«

»Entschuldige, das war nicht meine Absicht.«

»Hast es noch rechtzeitig zum Sonnenuntergang geschafft.«

»Mein Lehrer lässt mich abends kaum aus den Augen. Er schaut genau, ob ich am Abendbuffet erscheine und wohin mein Weg danach führt. Gut, dass ich einen Freund wie Max habe. Dem fällt immer etwas ein.«

Christelle lachte amüsiert. Sie kuschelte sich an ihn, als sei das die normalste Sache der Welt. Sie roch sein Aftershave, gemischt mit feuchtem Schweiß. Köstlich. Das brachte sie auf eine Idee.

»Lass uns schwimmen gehen.«

»Jetzt? Es ist gleich dunkel. Außerdem habe ich keine Badehose dabei.«

»Das macht dich verlegen?«

»Nein, nein … doch, ich glaube schon.«

»Sei kein Frosch. Niemand ist hier. Nur wir beide.«

Christelle sah, dass er zögerte, doch sie ließ nicht locker. Sie streifte ihr weißes Kleid ab, stieg aus ihrem Hauch von Slip und ging zum Wasser. Sie drehte sich noch einmal um und meinte:

»Nun mach schon. Trau dich!«

Der Junge saß stocksteif im Sand. Er wusste nicht weiter. Darauf war er nicht vorbereitet gewesen. Sie hatte sich wie selbstverständlich ausgezogen. Und sie war tatsächlich so schön wie er sie sich vorgestellt hatte. Ihrem schlanken Hals folgten glatte Schultern, ein perfekt geformter, straffer Busen. Darunter ein flacher, gut trainierter Bauch. Ein Po, der ohne Weiteres mit Jennifer Lopez' bestem Stück mithalten konnte. Makellose, schlanke Beine rundeten das Bild ab. All das Wunderbare steckte in einer glatten, gut gebräunten Hülle und machten es dem Teenager schwer, seine Augen abzuwenden. Er schaute ihr nach. Sie war bereits bis zu den Hüften im Wasser verschwunden und winkte ihm aufmunternd entgegen. Einen Moment zögerte er noch. Dann warf er alle Bedenken über Bord.

Fabian legte seine Sachen im Sand ab. Er lief los und stürzte sich zu ihr in die Fluten. Sie benahmen sich wie Kinder, schlugen mit flachen Händen auf das Wasser, bis es ordentlich spritzte. Entrüstete Schreie der Möwen, als sie davonstoben. Die Sonne blinzelte über die ruhige See und schenkte ihnen ihre letzten Strahlen. Sie fühlten beide ihr großes Glück, hatten die Welt um sich herum ausgesperrt. Es gab nur den Jungen und die reife Frau, die ihn so sehr verzaubert hatte.

Fabian holte tief Luft und verschwand unter der Wasseroberfläche. Er schwamm mit offenen Augen um sie herum, betrachtete ihren Körper und berührte sie dabei. Sie drehte sich langsam im Wasser und genoss seine Hände auf ihrer Haut. Dann griff sie unter seine Schultern und zog ihn nach oben. Sie umarmte ihn, küsste ihn leidenschaftlich. Sehnsucht und Lust ließen Christelle ihre Bedenken vergessen. Fabian hob ihre schlanke Gestalt nach oben. Sie legte ihre Beine um seine Hüften, bog den Kopf nach hinten und spürte sein Verlangen. Er bewegte seine Hüften vorsichtig. Christelle half ihm und schob sich ihm entgegen. Langsam, zärtlich. Dann schneller und begieriger. Ihre Hände wühlten durch sein Haar und eine wohlige Wärme eroberte ihren Körper. Sie wollten es. Beide, von Anfang an. Kein Versteck spielen mehr, keine flüchtigen Ausreden. Sie liebten sich im Meer, das für Christelle so viel Schreckliches barg. Und doch war es das selbe Meer, der selbe Ort, der ihr jetzt zeigte, dass sie noch am Leben war. Sie hörte sein leises Stöhnen, als er kam. Fest drückte sie sein Gesicht an ihren Busen. Er hatte ihr an diesem Abend ihre Fähigkeit zu lieben zurückgegeben. Und wie viel erst musste es für ihn bedeuten. Dieser große Junge hatte seine Unschuld an eine reife Frau verloren, bei der er sich geborgen fühlte.

Als sie später in der Grotte eng umschlungen beieinandersaßen, waren sie erfüllt von endloser Zufriedenheit. Die Luft hatte sich abgekühlt. Das Meer klatsche in gleichmäßigem Takt auf den Sand. Ganz in der Ferne hörten sie das dumpfe Brüllen eines Ozeanriesen. Sonst war es still. Auch die Möwen hatten sich in ihr Nachtlager zurückgezogen.

»Erzähl mir den Rest«, bat Fabian.

Christelle dachte nach. Warum jetzt? Sie wusste von seinem Kummer. Er hatte ihr von der Scheidung seiner Eltern erzählt. Christelle war ein guter Zuhörer und hatte gespürt, dass er es los werden musste.

»Möchtest du es denn wirklich wissen?«

»Ja, alles will ich von dir wissen. Einfach alles.«

Sie sah seine Augen funkeln im Glanz des Mondes, der sein goldenes Licht zu ihnen hinunterschickte und den Strand schwach beleuchtete. Sie wusste, dass er durcheinander war. Also erzählte sie ihm den Rest der Geschichte.

»Als die Rettungsmannschaft ihn erreichte, war Marc-André bereits tot. Sie brachten ihn an Land und versuchten alles, doch es war zu spät. Sein Arzt sagte uns später, dass er durch die Erkältung sehr geschwächt war. Und sein Trainer war sicher, in gesundem Zustand hätte er sich selbst helfen können. Ihm hatte an diesem Tag einfach die Kraft gefehlt. Dort, wo er hingetrieben war, gibt es Strudel. Er ist wohl in einen hineingeraten.«

Fabian hatte die Knie an den Körper gezogen.

»Wo ist Alexandre geblieben? Wieso ist er weg?« Plötzlich war er mutig.

»Alexandre konnte sich einfach nicht verzeihen, dass er unseren Sohn nicht gewaltsam am Start gehindert hatte. Er fühlte eine tiefe Schuld in sich. Er glaubte, wenn er sich anders verhalten hätte, wäre Marc-André noch am Leben. Mir ging es auch sehr schlecht. Ich musste damit fertig werden, mein einziges Kind an das Meer verloren zu haben. Doch Alex bemerkte es nicht einmal. Er konzentrierte sich nur darauf, wie sehr sein Sohn ihm fehlte. Meine Tränen habe ich heimlich geweint. Von da an ging es stetig bergab mit ihm. Er vernachlässigte seinen Job als Reeder in Marseille, begann zu trinken, war immer seltener zu Hause. Eines Tages erklärte er, er müsse die ganze Sache jetzt abschließen. Er würde einen Radikalschnitt brauchen und sein gesamtes Leben hinter sich lassen, um zu vergessen. Er wollte das Ferienhaus seiner Eltern verkaufen, wollte nie mehr hierher zurück und nie mehr den Namen seines toten Sohnes hören. Das verlangte er auch von mir. Niemals hätte ich mich darauf einlassen können. Also blieb uns nur eine Trennung. Er sah ein, dass es mir etwas bedeutete, hier sein zu können. So überließ er mir das Haus und ist auch sonst sehr großzügig. Mir fehlt es an nichts, außer an Gesellschaft.«

»Das heißt, du lebst ganz allein hier?«

»Nicht ganz. Ich habe Pasquale. Er ist mein Mädchen für alles. Er bringt mich überall hin, kümmert sich um den Garten und im Winter auch um das Haus. Dann bin ich für ein paar Monate wieder in Marseille. Und ich habe Monique. Sie hat als Hausmädchen schon bei Alexandres Eltern gearbeitet. Sie versorgt den Rest. Kauft ein, zaubert jeden Tag etwas Tolles auf den Tisch und hält das Haus sauber. Mir geht es also gut.«

Nur meinen Herzschmerz, den kann mir keiner nehmen, dachte sie bei sich, sprach es aber nicht aus.

Ein langes Schweigen folgte Christelles Ausführungen. Die beiden Strandbesucher hingen ihren Gedanken nach.

Fabian versuchte zu verstehen, was er heute erlebt hatte. Er war hin und her gerissen zwischen Erstaunen und Erwachen. Nie hätte er für möglich gehalten, dass ihm so etwas widerfahren würde. Er war fähig, eine Frau zu lieben, die ihm anfangs so weit entfernt schien wie die Erde vom Mond. Wie hatte er das angestellt? Wie kam es, dass diese Schönheit, die jetzt dicht bei ihm saß, ausgerechnet ihn erkoren hatte? Fragen über Fragen in seinem Kopf. Antworten fand er an diesem Abend keine. Doch eines wusste er. Noch nie in seinem Leben war er so glücklich gewesen. Den Gedanken, sie nur noch zwei Tage bei sich haben zu dürfen, schob er hartnäckig zur Seite. Er lebte im Hier und Jetzt. Etwas anderes kam nicht in Frage. Er dachte nicht an Berlin, an seine Mutter. Plötzlich erschien ihm alles ganz einfach. Er spürte eine ungeahnte Kraft in sich.

Christelle suchte nach seiner Hand. Sie schaute ihn an und meinte:

»Wir sollten jetzt gehen. Bevor du noch richtig Ärger bekommst.«

»Oh nein, noch nicht. Bitte setze dich wieder hin.«

Er zog sie in den Sand und küsste sie noch einmal. Dann brachen sie auf. Es schien, als würde der Rückweg jeden Abend ein wenig kürzer. Viel zu schnell blickten sie auf die hellen Lichter des kleinen Fischerortes, der von wenigen Hotels überragt wurde. Von irgendwo her trug der Wind Musik und Stimmen zu ihnen hinüber. Menschen lachten. Glück, das Fabian an diesem Abend tief in sich fühlte.

Liebes Tagebuch,

der Abschied rückte näher. Und wieder zählte ich die Stunden. Nur noch zwei Tage, dann würde sie für immer aus meinem Leben verschwinden. Das erschien mir grausam. Das durfte einfach nicht sein. Dann glaubte ich, die Lösung zu kennen.

Er hatte lange wach gelegen. Immer wieder erinnerte er sich an die Szene im Meer. Kopfkino, das den Film ständig wiederholte. Das Geschehene fühlte sich immer noch großartig an. Was er gespürt hatte. Wie sich Christelles Haut anfühlte. Wie sie gerochen hatte. Ihr Parfüm gemischt mit dem salzigen Duft des Meeres. Er wollte sich immer daran erinnern. Deshalb zurrte er es in seinem Kopf fest. Doch auch ein Hauch von Wehmut hatte sich in seine Gefühle gedrängt. Bald ging es zurück nach Berlin. Wie sollte er das überleben? Dann kam ihm eine Idee. Darüber würde er mit Christelle gleich am nächsten Abend sprechen. Mit diesem Gedanken im Kopf holte ihn dann doch noch die Müdigkeit ab und schickte ihn ins Land der Träume.

Am nächsten Morgen erwachte er mit Kopfschmerzen. Seine Zimmergenossen waren längst raus aus den Betten. Er hörte Koljas Stimme, die aus dem Badezimmer kam.

»Habt ihr die kleine Dunkelhaarige gesehen? Die in dem engen Strandkleid? Ich glaube, ihr Name ist Colette. Man, ist die heiß. Und wie sie mich angehimmelt hat!«

»Von wegen, das hättest du wohl gern«, kam es aus einer anderen Ecke. Die beiden Zuhörer amüsierten sich köstlich.

»Ihr werdet schon sehen. Die ist scharf auf mich, und ich werde mich gut um sie kümmern.« Wieder Gelächter. Dann Toms Stimme.

»Bin gespannt, wie du das anstellen willst. Zwei Tage noch, dann geht es ab nach Hause.«

»Mehr Zeit brauche ich nicht. Dann frisst sie mir aus der Hand.« Tom und Stefan hielten wenig von Koljas Prahlerei. Trotzdem trieb sie auch die Neugier, ob er es schaffen würde. Kolja kam gestriegelt aus dem Badezimmer, als Fabian sich gerade aus dem Bett schälte. Er fand keine Beachtung bei den drei Jungs, die schwer mit Colette beschäftigt waren. Als sie das Zimmer verließen, hörte Fabian noch einmal Koljas Stimme:

»Ich fahre hier nicht ab, ohne dass ich unter ihrem Kleid war. Wartet es ab.«

Fabian stöhnte. Wie konnte man nur so ein Angeber sein. Kolja war nicht der Hellste. Aber biologisch schien er gut zu funktionieren. Für Fabian war er trotzdem nur ein Spinner.

Nach dem Frühstück wartete wieder der Bus vor dem Hotel. Saint Tropez war an diesem Tag das Ziel. Sie würden sich das ›Musée de l'Annonciade‹ ansehen. Paul Signac und Henri Matisse gab es in Mengen zu bestaunen. Dort bekam Kunzes Kollege Lehmann seinen großen Auftritt. Er war Lehrer für Kunst und Geschichte und dafür bekannt, dass er kein Ende fand, wenn er sich erst einmal in seinem Element verloren hatte. Das bereitete Fabian jetzt schon Sorgen. Er wollte doch eigentlich nur eines: zurückkehren zur Bucht. Und Kunst hatte ihn sowieso nie interessiert. Doch das Museum lag direkt neben dem berühmten Yachthafen. Und der interessierte ihn schon eher. Er musste an Christelles Sohn denken. Er wäre bestimmt auch ein guter See-mann geworden. Oder vielleicht ein Segler. Davon hatte auch Fabian schon geträumt. Ein kleines Boot auf dem Müggelsee. Doch dafür fehlte das Geld.

Zum Hafen gehörte der längste Sandstrand an der Côte d'Azur. Dorthin zog es ihn. Er hatte nicht gewusst, wie sehr er das Meer liebte. Auch diesen Umstand hatte er erst in den letzten Tagen entdeckt. Irgendwie kam es ihm vor, als ob er sich selbst gar nicht richtig gekannt hatte. Jetzt war er ein anderer. Dieser Andere gefiel ihm. Jetzt musste er nur noch Christelle von seinem Plan überzeugen, den er geschmiedet hatte.

Die Rückfahrt fand dieses Mal nicht mit dem Bus statt. Sie nahmen ein Schiff, das gemütlich an der fran-zösischen Riviera entlang schipperte. Fabian blieb an Deck und bemühte sich um ein paar schöne Fotos. Er musste zugeben, dass es sich gelohnt hatte, die Ab-schlussfahrt nicht sausen zu lassen. Selbst wenn Christelle nicht in sein Leben gepurzelt wäre, gefiel es ihm hier. Vielleicht würde er ja irgendwann hierher zu-rückkehren.

Das Schiff machte am Kai des Fischerdorfes fest. Sichtlich geschafft verließen mit der Klasse auch ein paar andere Touristen das Schiff. Sie waren alle braun gebrannt und noch ganz benommen von all den schö-nen Dingen, die sie heute gesehen hatten. Die Klasse lief in Grüppchen zum Hotel zurück. Erschöpft, aber zufrieden diskutierten sie miteinander über ihre Erleb-nisse an diesem Tag. Fabian lief im Laufschritt zu sei-nem Zimmer. Ihn zog es fort. Zu seinem Geheimnis. Er machte sich im Bad kurz frisch, wechselte sein T-Shirt und war schon wieder draußen, bevor die anderen drei überhaupt den Flur betreten hatten. Er nahm den Hinterausgang mit der Aufschrift ›Personal‹ und stürzte davon. Er hatte mitbekommen, dass die beiden Lehrer heute Abend an der Hotellobby ein Bier trinken wollten. Schließlich war dies der letzte anstrengende Ausflug mit den Schülern gewesen. Und darauf wollten sie anstoßen. Das verschaffte dem Jungen Zeit. Morgen, am letzten Tag, soll es nur noch Strand, Meer und Sonne geben. Zur Erholung für Lehrer und Schüler. Morgen konnte er einen ganzen Tag mit Christelle verbringen. Sein Herz tat einen Sprung, so sehr freute er sich darauf.

Als er sich der Höhle näherte, konnte er Christelle nicht sehen. Sie wollte ihm sicher einen Streich spielen und hielt sich versteckt. Er hatte bereits herausgefunden, dass sie solche Neckereien liebte. Der Teenager musste unweigerlich lachen und war entschlossen, ihr Spiel mitzuspielen. Doch als er näherkam, blieb seine Herzdame verschwunden. An ihrer Stelle saß ein alter Mann auf einem großen Stein in der Höhle und wartete. Es dauerte einen Moment, bis er begriff, dass er möglicherweise auf ihn wartete. Fabian verlangsamte seine Schritte und schaute den Alten an. Der wandte ihm sein Gesicht zu, braun gebrannt und runzlig, aber mit wachen Augen. Fabian grüßte mit einem Kopfnicken und fragte:

»Madame Christelle?«

Der alte Mann sparte sich die Antwort. Deutsch sprach er sowieso nicht. Er hielt ihm einen Brief hin und murmelte etwas, was Fabian nicht verstand. So gut war sein Französisch nun auch wieder nicht. Der Teenager bedankte sich und starrte auf den Brief. Doch er spürte den stechenden Blick des Alten in seinem Rücken. Fabian drehte sich wieder um und erwiderte seinen Blick. Im Gesicht des Mannes war zu lesen, dass er nicht einverstanden war mit ihm. Da begriff der Junge. Der Alte war Pasquale, das Mädchen für alles. Heute war er Bote. Was hatte Christelle ihm erzählt? Und warum war sie heute nicht hier? Da Fabian keine Ahnung hatte, wie er Pasquale begegnen sollte, verabschiedete er sich mit einem höflichen ›au revoir‹ und widmete sich dem Brief. Er öffnete ihn vorsichtig. Beinahe so, als wäre er ein Heiligtum. Der Wind trug den Geruch des Papiers zu seiner Nase. Lavendel, dachte er. Sogar ihr Briefpapier war von edler Art.

Lieber Fabian,

es tut mir sehr leid, dass ich heute nicht da sein kann. Leider ist mir ein Missgeschick passiert. Ich habe mir auf den Stufen vor meinem Haus den Knöchel gestaucht. Nun liege ich auf der Couch und lasse mich von Monique verwöhnen. Ich vertreibe mir die Zeit mit Gedanken an dich. Die letzten Abende bedeuten mir viel. Du hast mir eine Tür geöffnet, zurück zu mir selbst. Dafür bin ich dir dankbar. Da ich weiß, wie sehr du dich auf den morgigen Tag freust, möchte ich dich in mein Haus einladen. Komm, wann immer du Zeit findest. Ich werde auf dich warten. Die Adresse findest du im Briefkopf.

Christelle

P.S. Nimm es dem alten Pasquale nicht übel. Er mag keine Fremden. Als ich ihm von dir erzählte, rümpfte er die Nase und schimpfte mich ein beleidigtes Kind.

Fabian sah sich nach Pasquale um. Er war gegangen ohne ein weiteres Wort. Der Enttäuschung über den vermasselten Abend folgte eine unbeschreibliche Freude über Christelles Einladung. Er setzte sich in den Sand und las den Brief noch einmal. Da stand es geschrieben. Sie wollte ihn morgen bei sich haben. Wenn nur die Nacht schon vorüber wäre.

Er ging zum Wasser hinunter und warf ein paar flache Steine. Die meisten schafften drei Sprünge, bevor sie im seichten Wasser auf den Boden sanken. Das konnte er gut. Sein Vater hatte es ihm beigebracht, als er noch ein kleiner Junge war. Doch an seinen Vater wollte er nicht denken. Mit ihm war er erst einmal fertig.

Die Boote draußen auf dem offenen Meer waren im Gegenlicht der Sonne nur ein schwarzer Schatten. Ganz in der Nähe ragte ein Felsen aus dem Wasser. Dort hatten sich Möwen und Kormorane versammelt, die um die besten Plätze für ihr Nachtlager rangelten. Fabian sah dem wilden Treiben noch eine Weile zu, bevor er an der Gischt entlang zum Hotel zurück schlenderte. Im Abendrot vereinte sich das Meer mit den letzten Sonnenstrahlen. Ein Schauspiel, das er jeden Abend neu bestaunte. Die Sichel des Mondes, der erste Stern am Horizont und ein Rest dunkler Wolken am Himmel, bevor sich alles in ein tiefes Schwarz hüllte.

Er traf Max unterwegs, der eine Tüte mit Steinen für seine heimische Sammlung in der Hand hielt. Max wollte Geologe werden und kannte sich damit bestens aus.

»Hat sie dich versetzt?«

»Nicht direkt.«

»Was soll das heißen?«

»Sie hat sich am Fuß verletzt, kann nicht laufen.«

»Echt blöd, wo es doch morgen der letzte Tag ist.«

»Ganz und gar nicht.« Fabian wedelte verschwörerisch mit dem Brief vor Max Nase herum.

»Sie hat mich eingeladen. Zu sich nach Hause. Morgen werde ich sie besuchen. Und ich habe den ganzen Tag Zeit. Ist das nicht herrlich?«

»Dann geht morgen die Post ab, würde ich sagen.«

Wie stellte sein Freund das an? Er war ein ganz Stiller und doch brachte er solche Klopfer. Maxs Neugier hatte inzwischen ein unerträgliches Maß erreicht. Er hätte sich zu gern ein Bild dem Mädchen gemacht. Aber sein Freund ließ es nicht zu. Irgendwie ärgerte er sich darüber.

Kunze und Lehmann saßen noch an der Bar, als die beiden Jungs das Hotel betraten. Fabian fing den Blick von Kunze auf, der prompt seinen Kommentar abgeben musste.

»Na, sind die Herrschaften heute mal früh zu Hause? War wohl anstrengend heute, was?«

Kunzes gluckerndes Lachen kostete Fabian einige Anstrengung, nicht laut los zu brüllen.

»Ja, ja«, sagte Max und hob aus Höflichkeit die Hand zum Gruß. Das reichte, mehr war wirklich nicht nötig.

Auf dem Flur trennten sich die beiden Jungs. Fabians Zimmer war leer. Er beschloss, schon mal seine Tasche zu packen. Das würde ihm morgen noch mehr Zeit verschaffen. Danach erledigte er alles Notwendige im Badezimmer und ließ sich ins Bett fallen. Er wollte noch seinen Schmöker zu Ende lesen. Alte Western hatten es ihm angetan.

Liebes Tagebuch,

der letzte Tag an der Côte d'Azur, der letzte Tag mit Christelle. Vorerst, dachte ich. Doch wieder einmal kam alles anders.

Nach einer unruhigen Nacht war Fabian dennoch ziemlich flott auf den Beinen. Dieses Mal war er der Erste am Schrank und zog sein einziges Hemd, das er dabeihatte, hervor. Seine Mutter hatte darauf bestanden. Für alle Fälle, hatte sie gesagt. Ach, wie liebe ich meine Maman, dachte er verschmitzt und schob sich an Tom vorbei ins Badezimmer. Gestriegelt und gebügelt trat er wieder heraus.

»Man könnte meinen, du hast ein Date.« Tom war baff. So hatte er seinen Schulkumpanen noch nie gesehen.

»Der doch nicht. Der ist doch noch grün hinter den Ohren«, war Koljas Kommentar. Fabian ließ ihn blaffen. Er freute sich tierisch auf seine Rendezvous. Da spielte es keine Rolle, dass Kolja ihn provozierte. Fabian ging schon mal zum Frühstücksraum. Er hörte noch Koljas nächsten Spruch: »Nichts im Hirn und nichts in der Hose«, bevor er gelassen die Zimmertür hinter sich schloss. Sein Hochgefühl würde ihm heute keiner nehmen können.

Er setzte sich neben Max, der schon auf ihn gewartet hatte, und nahm sein Frühstück ein. Sein Blick traf Kunze, der etwas verkatert wirkte. Fabian quittierte es mit einem spöttischen Lächeln.

Im Dorf besorgte er fix einen bunten Strauß aus Sommerblumen. Er kam sich albern vor, doch er wusste von seiner Mutter, wie sehr sich eine Frau darüber freut. Der Brief steckte in seiner Brusttasche. Er sah sich die Adresse an und stellte schnell fest, dass es ein Straßenschild mit diesem Namen hier nicht gab. Ein Linienbus näherte sich und er hechtete zur Haltestelle. Der Fahrer verstand seine Frage und winkte ihn herein. Fabian zahlte das Ticket und vertraute darauf, dass der freundliche Fahrer ihn an der richtigen Stelle wieder aussteigen ließ. Kurze Zeit später stand der Teenager auf einer einsamen Landstraße und sah sich um. Der Junge fand sich inmitten einer grünen Oase wieder. Wald hinter ihm, das Dorf zu seinen Füßen und der Ozean dahinter, kobaltblau. Um ihn herum leuchtend gelbe Mimosen und duftender lila Lavendel. Der Himmel strahlte mit dem Meer um die Wette. Das alles steigerte Fabians Stimmung noch. Dennoch, das Schönste an diesem Tag hatte er noch vor sich.

Er ging ein Stück weiter, bog um eine steile Kurve und erblickte eine schneeweiße Villa. Verträumt lag sie inmitten dieser malerischen Landschaft. Wenn Christelle von diesem Haus gesprochen hatte, dann lebte sie in einem Märchenschloss. Es hatte eine große Freitreppe, darüber zog sich ein riesiger Balkon im ersten Stock, gestützt von Marmorsäulen. Der Teenager lief weiter, näher zum Haus und staunte. Weit geöffnete bodenlange Fenster. Weiße Vorhänge spielten mit dem Wind. Er sah einen Kristallkronleuchter. Darunter befand sich ein edler Esstisch, an dem zwölf Personen Platz fanden. Es dauerte eine Weile, bis Fabian wieder zu sich fand. Er wollte ihren Namen rufen, entschied sich aber dagegen.

Nachdem er sich vergewissert hatte, dass dies das richtige Haus war, betätigte er mutig die Schelle aus poliertem Messing. Während er wartete, lugte er durch die Scheiben der Haustür und staunte noch immer. Verschwommen erschien eine kleine Gestalt hinter dem gewölbten Glas und öffnete. Eine ältere Frau mit weißem Haar, das sie zu einem Dutt gesteckt hatte, begrüßte ihn mit einem fröhlichen »Bonjour, junger Mann«.

»Guten Morgen, Madame. Ich bin nicht sicher, ob ich hier richtig bin. Ich wollte...«

Doch sie war schon auf dem Rückweg tiefer in das Haus hinein, sah sich um und sagte:

»Kommen Sie herein. Setzten Sie sich in die Küche und nehmen Sie sich was zu trinken. Ich bin gleich wieder da.«

Monique sprach deutsch mit ihm. Sie verschwand über eine geschwungene Treppe nach oben. Fabian tat, was sie gesagt hatte. Er ging zur Küche, die genauso edel eingerichtet war, wie die Diele vermuten ließ. Vor dem Fenster ein sehr gepflegter Rosengarten. Es müssen tausende Blüten sein, dachte er. Solch eine Pracht kannte er sonst nur aus Bildbänden.

»Gefallen sie dir?«

Christelle stand mit einer Krücke in der Küchentür. Sie strahlte ihn an und freute sich, dass er gekommen war. Sie setzte sich zu ihm und erzählte von ihrem kleinen Unfall. Eisgekühlte Himbeerlimonade erfrischte die beiden, während sie plauderten. Dass die Zeit wie im Flug vergangen war, bemerkten sie erst, als Monique an die Tür klopfte und sagte, der Tisch sei gedeckt und alles angerichtet. Sie begaben sich also in das Speisezimmer. Fabian kam sich etwas verloren vor an dem großen Tisch, doch die Tafel begeisterte ihn. Es gab Hummer aus der Bretagne mit Artischocken, dazu einen kräftigen Calvados und zum Nachtisch Crêpes und kleine Apfelküchlein.

Während Fabian dachte, so gut hätte er noch nie gegessen, gab es vor dem Fenster einen lauten Knall. Ein dicker Ast des Apfelbaumes in der Nähe des Fensters erwischte kurz die Scheibe, bevor er zu Boden stürzte und etwas mit sich nahm, dass beide so schnell nicht erkennen konnten. Sekunden später hörten sie ein lautes ›Aaauua‹. Fabian erkannte die Stimme, legte seine Serviette zur Seite und stürzte nach draußen. Als er Max erblickte, packte ihn die Wut. Er schrie ihn an.

»Was hast du hier zu suchen? Bist du verrückt geworden? Scher dich zum Teufel!«

»Ich wollte doch nur mal einen Blick riskieren. Hab ja nicht ahnen können, dass du in so einem Nobelschuppen absteigst.«

»Nobelschuppen?«

Christelle war dazu gekommen und fand die ganze Situation urkomisch. Sie war nicht sauer. Max rappelte sich auf die Beine, und Christelle bat ihn ins Haus. Der rieb sich den Kopf und mit der anderen Hand den Hintern. Beide Jungs setzten sich an den Tisch. Christelle rief in die Küche, Monique möge noch ein Gedeck bringen. Die hatte die ganze Szene verfolgt und amüsierte sich köstlich.

»Da wird der Hund in der Pfanne verrückt. Endlich mal was los im Dornröschenschloss.«

Eilig trug sie noch ein Gedeck auf und zwinkerte dem Rotschopf zu. Max guckte etwas verdattert, fand sie aber sehr freundlich. Als alle gegessen und sich wieder beruhigt hatten, erzählte Max, wie er es angestellt hatte.

»Ich bin dir zum Bus gefolgt. Hab dann den Nächsten genommen. Die Adresse habe ich auf dem Umschlag gelesen, als du heute Morgen auf der Toilette warst. Er steckte ja in deiner Westentasche, die du am Stuhl hängen gelassen hattest.«

Zu seinem roten Haar gesellte sich die Röte im Gesicht und ein wenig schämte er sich. Christelle hatte lange schon nicht mehr so viel Spaß gehabt, wie an diesem Tag. Monique kam, um den Tisch abzuräumen. Christelle bedankte sich bei ihr für das herrliche Mahl und gab ihr den Rest des Tages frei. An Max gewandt sagte sie:

»Da du mich ja nun kennengelernt hast, nimmt Monique dich sicher sehr gern mit zurück zum Dorf.«

Sie begleitete Max zur Tür, drehte dann noch mal um und ging zur Küche, um für Max den Rest vom

Apfelkuchen einzupacken. In dieser Zeit huschte Max zu Fabian zurück und flüsterte:

»Mädchen? Sie ist eine erwachsene Frau!«

»Ich sagte doch schon, es geht dich nichts an.«

Fabian drehte ihm den Rücken zu. So schnell würde er ihm diese Aktion nicht verzeihen. Draußen heulte der Motor von Moniques altem Käfer auf, Max stieg ein und zurück blieb ein verärgerter junger Mann und eine schöne Frau, die ihm zärtlich über die Wange strich.

»Nimm es ihm nicht übel. Er hat sich bestimmt nichts Böses dabei gedacht.«

»Er hätte das nicht tun dürfen. Freunde tun so etwas einfach nicht.«

Trotzdem erschien ein Grinsen auf seinem Gesicht. Wenn er drüber nachdachte, war die ganze Sache doch lustig. Und seine Strafe hatte Max ja prompt bekommen.

»Wo ist eigentlich Pasquale? Ich glaube, er mag mich nicht.«

»Er hat heute seinen freien Tag. Dann besucht er immer seine Tochter in der Stadt. Er kommt meist erst spät am Abend zurück.«

»Das heißt, wir sind jetzt allein?«

Christelle nickte und sah ihn wieder so an. Sie zog ihn zu sich. Ein langer Kuss, seine Hand unter ihrer Bluse. Er hob sie hoch, trug sie die Treppe hinauf und betrat eines der Schlafzimmer. Behutsam legte er sie auf das mit Seide bezogene Bett und öffnete die Knöpfe ihrer Bluse. Er gab sich Mühe, dieses Mal nicht so stürmisch zu sein. Zärtlich streichelte er ihren weichen Körper. Berührte ihn mit den Lippen, sog den Duft ihrer Haut in sich auf. Den Duft einer nach Liebe hungernden Frau. Kurz setzte er sich auf, streifte seine Kleidung ab und schob sich zwischen ihre Schenkel. Seine Lippen fanden ihre. Seine Hände wollten alles an ihr berühren, wollten jede verborgene Stelle ihres Körpers ertasten, was er fühlte nie mehr vergessen. Es war eine ungeahnte Kraft, die seinen Körper mit ihrem zusammenschweißte. Sie liebten sich zuerst sanft, dann leidenschaftlich, als alles Wilde aus ihnen herausbrach und sie ihre Lust hinausschrien. Bis nichts mehr blieb, außer tiefer Erregung und ein unbändiges Glücksgefühl.

Er blieb noch einen Moment auf ihr liegen und strich ihr eine klebrige Haarsträhne von der Wange. Die Zufriedenheit in ihren Augen gab ihm Hoffnung. So sollte es immer sein. Nie würde er sie einfach so wieder aufgeben. Das Alter, was machte es schon. Es gab ja auch Männer mit viel jüngeren Frauen. Schließlich setzten sie sich nebeneinander.

»Ich habe mir Gedanken gemacht. Ich will nach den Ferien studieren. Das könnte ich auch in Marseille tun. Dann wäre ich immer bei dir. Und im Sommer besuche ich dich an den Wochenenden hier draußen am Meer. Ich denke, so könnte es gehen.«

Christelle schaute ihn traurig an. Sie musste sich eingestehen, dass dies nun der Moment der Wahrheit war. Sie versuchte es auf die behutsame Art.

»Sei nicht albern, Fabian. Du weißt, dass das nicht möglich ist. Es würde nie funktionieren.«

»Warum nicht? Ich bin jünger, na und? Ich kann dich glücklich machen. Das weißt du. Ich will Schiffbau studieren. In ein paar Jahren bin ich fertig. Dann baue ich uns ein eigenes Schiff und wir segeln um die Welt. Bitte, Christelle, vertrau mir.«

»Schlag dir das aus dem Kopf, Fabian. Uns trennt nicht nur das Alter. Wir sind viel zu verschieden. Und es würde dir in nicht allzu langer Zeit leid werden, mit einer älteren Frau zu leben.«

Fabian war wütend. Er stand vom Bett auf und tigerte im Zimmer umher.

»Wie kannst du so etwas sagen?«

»Du musst das einsehen, Fabian. Ich will es um deinetwegen nicht. Du bist ein toller junger Mann, hast alles noch vor dir. Ich bin es, die dich nicht glücklich machen kann.«

Christelle schmerzte die Enttäuschung in seinen Augen. Sie verstand ihn sehr gut.

»Sieh mal, ich würde mir nie verzeihen, wenn ich mich in dein Leben dränge, dir alle Chancen auf eine schöne Zukunft nehme und am Ende als alternde Frau feststelle, dass es purer Egoismus war. Damit könnte ich nicht leben.«

Fabian blieb still. Aus ihrer Sicht hatte er es noch nicht betrachtet. Deshalb zog er es vor, zu schweigen.

Sie verließen das Haus. Christelle wollte ihn ablenken und hatte angeboten, ihm die Gegend zu Fuß zu zeigen. Obwohl ihm ihr Nein zu schaffen machte, hatte er sich auch in diesen Fleck Erde verliebt. Der süße

Duft der Apfelbäume, die hier zuhauf standen, hing schwer in der Luft. Sie fanden eine Bank, etwas versteckt in den wilden Sträuchern. Dort ließen sie sich nieder.

Er sprach noch immer nicht, war weit in seine Zukunft vorausgeeilt. Er wälzte immer wieder durch, was sie gesagt hatte. Christelle ließ ihn in Ruhe. Sie wusste, er brauchte etwas Zeit. Hatte sie ihn so sehr verletzt? Sie wollte ihn haben, obwohl sie wusste, dass es von kurzer Dauer war. Es war schön gewesen. Sie hatten sich beide geholfen. Sie hatten sich beide getröstet gefühlt, in ihrem Leid. Bei allem, was Christelle durchgemacht hatte und Fabian noch bevorstand, hatte das Schicksal sie zusammengeführt. Für eine kurze Zeit. Um wieder lieben zu lernen, um wieder Glück zu fühlen.

Christelle hatte ihm angeboten, ihn bis zum Dorfeingang zu bringen. Als der Porsche auf dem Parkplatz hielt, sprach Fabian wieder ganz ruhig zu ihr.

»Christelle, versprich mir eines. Vergiss nie, dass es mich gibt. Ich möchte, dass du gut von mir denkst und dass du dich immer an mich erinnern wirst.«

Das versprach sie ihm gern. Dieser Teenager war für sie zu etwas Besonderem geworden. Dieses Geheimnis würde sie immer wahren und oft an ihn denken. Sie zeigte keine Träne. Sie wollte es ihm leicht machen. Eines wusste sie von ihm. Er war ein kluger Kerl und er würde die Kraft finden, zu Hause stark zu sein für seine Mutter.

»Wirst du morgen kommen?«

Sie überlegte eine Weile, dann sagte sie zu. Fabian verließ das Auto, sah sich um. Niemand war hier, den er kannte. Er ging zum Hotel und schaute nicht zurück.

Die letzte Nacht war furchtbar. Er lag schwitzend in seinem Bett und dachte über die letzten sechs Tage nach. Er hatte vieles erlebt, hatte neue Dinge entdeckt, die Sonne genossen und sogar einen Blick für die Natur entwickelt. Das alles verdankte er ihr. Er hätte viel dafür gegeben, wenn sie sich anders entschieden hätte. Doch je länger er darüber nachdachte, um so absurder schien ihm jetzt seine Idee. Sie hatte Recht. Er gehörte nicht in ihr Leben. Und sie nicht in seines. Aber ein kleines Stück auf dem langen Weg ins Alter waren sie ein Paar gewesen. Und etwas stand außer Frage. Christelle war seine erste große Liebe. Das konnte ihm keiner nehmen. Die Enttäuschung, die er gefühlt hatte, war einer Zufriedenheit gewichen, die er so noch nie gefühlt hatte. Langsam begann er, sich auf zu Hause zu freuen. Er wünschte sich, seine Mutter würde am Bus auf ihn warten. So wie damals, als er klein war. Plötzlich gab es so viel zu erzählen. Jetzt sehnte er sich nach Berlin zurück.

Einige saßen bereits im Bus und hatten es sich bequem gemacht. Fabian und Max, der seinen Freund angefleht hatte, ihm zu verzeihen, waren auch schon startklar. Eine Weile hatte ihn Fabian noch zappeln lassen und genoss es sogar, Max einen Denkzettel zu verpassen, aber im Geheimen fand er das Ganze inzwischen sogar ganz amüsant.

Doch Fabian wollte noch nicht einsteigen. Er hoffte noch immer, dass sie kommen würde. Ein letztes Mal ihr bezauberndes Gesicht sehen. Das musste sie ihm doch gewähren. Sein Herz schmerzte, doch das würde vergehen. Aber diesen letzten Blick, den wünschte er sich. Doch sie blieb fort. Er stieg ein, wollte zu seinem Platz, da hielt ein Porsche neben dem Bus. Die Frau, die dort ausstieg, brachte die Klasse in Aufruhr. Sie winkte ausgerechnet Fabian zu, der fluchtartig den Bus verließ. Alle Augen starrten ihm nach. Doch dieses Mal versteckte er sich nicht. Dieses Mal konnten es alle sehen. Christelle trug wieder ihr weißes Kleid, so wie am ersten Tag. Sie lief ihm entgegen, flüsterte leise Abschiedsworte und wünschte ihm alles Glück auf Erden. Dann steckte sie ihm eine rote Rose ins Knopfloch seiner Weste und ging zurück zum Wagen. Nur ein kurzer Moment noch, dann war das Auto verschwunden. Auf dem Weg zurück zu seinem Platz fragte Kunze verdattert:

»Wer war die Frau?«

»Die Dame in Weiß.«

Damit ließ er Kunze und seinen fragenden Blick links liegen. Kolja rückte in sein Blickfeld. Der saß ganz hinten im Bus. Sein Gesicht zierte eine Schwellung unter dem Auge und einen dicken Kratzer auf seiner Wange. Fabian sparte sich den Kommentar, zog eine Augenbraue nach oben und grinste. Was Kolja mit den Worten kommentierte:

»Gaff mich nicht so dämlich an.«

Spät am Abend erreichten sie Berlin. Neonlichter, Menschenmassen, Autolärm. Das alte Leben hatte sie wieder. Doch im Augenblick störte Fabian das nicht. Sein Herz und sein Kopf waren voller schöner Dinge. Die würde er für immer in sich tragen.

Der Bus hielt auf dem Schulparkplatz und entledigte sich seiner menschlichen Fracht. Wieder stürzten alle zur Ladeluke, zu ihren Taschen und Koffern. Fabian stieg hinten aus. Er hatte es nicht eilig. Er wollte seine Ankunft zu Hause genießen. Und da stand sie plötzlich, seine Mutter mit dem kleinen Corsa und freute sich unheimlich, ihn zu sehen. Er nahm ihre Umarmung gelassen. Er wusste jetzt, wie viel diese Geste seiner Mutter bedeutete. Es wurde eine lange Nacht. Er hatte ihr viel zu erzählen. Seine Mutter erkannte ihn kaum wieder. Selten hatte sie ihn so redselig erlebt. Voller Begeisterung. Sie hörte still zu. Und entdeckte dabei etwas in seinen Augen, was vorher nicht da gewesen war. Etwas geheimnisvolles. Etwas, was ihn glücklich machte. Sie sah das Strahlen hinter seinen Pupillen. Sie spürte die Veränderung in ihm und wusste es plötzlich.

Am nächsten Tag kam Fabian vom Handballtraining nach Hause. Er begrüßte seine Mutter und ging in sein Zimmer. Er brauchte frische Sachen und wollte duschen. Da fiel sein Blick auf ein Buch auf seinem Schreibtisch, dass am Morgen noch nicht dort gelegen hatte. Er nahm es in die Hand und las die Schrift darauf. Es war ein Tagebuch.

Liebes Tagebuch,

nun habe ich dir all meine Erlebnisse anvertraut. Die schönen und die traurigen. Viel gibt es nicht mehr zu sagen. Zwei Dinge noch.

Erstens, ich weiß, dass ich mit Christelle zum ersten Mal erleben konnte, was Verliebtsein bedeutet. Eine Erfahrung, die ich immer im Herzen tragen werde. Und damit die Erinnerung an Christelle, die wundervollste Frau die ich bisher getroffen habe.

Und zweitens ist mir klar geworden, wie viel Stärke ich in mir habe. Ich weiß jetzt, dass ich in der Lage bin, zusammen mit meiner Mutter, die mir viel bedeutet, in ein neues Leben aufzubrechen. Anders, als es geplant war, aber sicher nicht weniger schön. Ich werde da sein, so lange sie mich braucht. Und gehen, wenn es an der Zeit ist.

*****

Strandspaziergang

Heike Auel

Claudia schloss den letzten Koffer und stellte ihn auf den Boden. Geschafft, alles gepackt. Prüfend ging ihr Blick nochmals über den kleinen Schreibtisch, ins Bad, sie öffnete den Kleiderschrank. Alles leer. Das Hotelzimmer sah genauso aus wie vor einer Woche, als Stephan beide Koffer auf das Bett gewuchtet hatte. Heute Abend um 18.00 Uhr, also in gerade mal etwas über acht Stunden würde die Express-fähre ablegen, die sie von Amrum wieder zurück zu ihrem Auto nach Nordstrand brachte, dann waren es nur noch zwei Stunden Fahrt bis Hamburg. Gegen 22.00 Uhr konnten sie daheim sein, morgen mussten sie beide wieder arbeiten. Stephan war schon unten in der Halle, er wollte bezahlen und ganz sicher führte er auch schon die ersten Telefonate. Eine Woche Urlaub – das könne er sich eigentlich gar nicht leisten, sagte er immer.

Claudia seufzte leicht. Diese Gedanken wollte sie gleich wieder wegschieben. Schließlich war ihr Urlaub ein Versöhnungsurlaub gewesen; und hatte es nicht auch funktioniert? Sie blickte nachdenklich aus dem Fenster: Föhr und Hallig Langeness lagen zum Greifen nahe, und bei dem klaren Wetter konnte sie sogar das Festland erkennen. Rechter Hand lag der Hafen von Wittdün, in den gerade die Morgenfähre von Sylt einlief. Auf dem Sandstreifen links von ihr hatten Stephan und sie eines Abends sogar Seehunde entdeckt. Claudia lächelte bei der Erinnerung daran. Diese putzigen Tiere hatten ihr sehr gefallen.

Sie musste daran denken, wie sie das erste Mal hier gewesen waren, frisch verliebt. Wie hatten sie die unbeschwerten Tage damals genossen, und die Insel war nach wenigen Tagen zu ihrem ganz persönlichen Paradies geworden. Spaziergänge über den endlosen Strand, bei Sonne hatten sie in den Dünen gelegen, und an Regentagen hatte Stephan den Kamin in der kleinen Ferienwohnung angemacht. Stets fanden ihre Hände sich für eine kurzes Streicheln, eine Umarmung, ihre Lippen zu einem Kuss.

Und heute? Sie waren diesmal im komfortablen Hotel ›Weiße Düne‹ untergebracht, nicht in der kleinen Ferienwohnung wie damals. Das hatte Vorteile — kein hektisches Aufräumen und Putzen kurz vor der Abfahrt, der Portier wollte das Gepäck später abholen und einschließen, dann konnten sie die letzten Stunden ihres Urlaubs noch unbeschwert nutzen. Stephan hatte ihr einen Spaziergang am Strand und ein Mittagessen bei Marcello versprochen, dem Italiener, bei dem sie in der Woche schon fast zu Stammkunden geworden waren. Als Gegenleistung dafür hatte sie sich bereit erklärt, die Koffer zu packen, während er sich eine Stunde lang mit dem Büro beschäftigen konnte. Er brauche etwas Vorbereitung für die Sitzung morgen, hatte er gesagt. Glücklich war sie darüber nicht, denn nach Bürotelefonaten war Stephan meist schlecht gelaunt — andererseits würde er keine ruhige Minute haben, ehe er nicht wieder auf dem Laufenden war. Montags fanden immer stundenlange Vertriebskonferenzen statt.

Claudia schaute noch immer aus dem Hotelfenster, doch jetzt sah sie nicht mehr die maritime Szenerie des Amrumer Hafens, den Krabbenkutter, der den Hafen verließ. Stattdessen wanderten ihre Gedanken zurück. Das Büro war seit langem ihr ständiger Streitpunkt. Stephan war Sales-Manager in einer großen IT Firma. Sein Leben bestand aus Telefonkonferenzen, Mails und Präsentationen. Und natürlich Zahlen – Vertriebskennzahlen, die einfach nie so waren, wie sie sein sollten.

Eigentlich war das der Grund, warum sie diesen Urlaub gemacht hatten. Die letzten zwei Jahre waren privat sehr schwierig gewesen. Ihre Fehlgeburt im 4. Monat, dann war ihr Vater verstorben und schließlich musste Stephans Mutter ins Altenheim. Deren Demenz war einfach zu weit fortgeschritten. Doch egal, was passierte: Stephan war im Büro. Selbst dann, wenn er daheim war, arbeitete er, seine Gedanken waren ständig in der Firma. Er saß mit dem Laptop an Claudias Krankenbett und prüfte endlose Zahlenreihen. Er telefonierte stundenlang mit seinen Vertriebsmitarbeitern, während sie die Danksagungen nach der Beerdigung schrieb. Einmal hatte er sich den Laptop genommen und versprochen, ein paar Briefe an Versicherungen zu schreiben, als es um die Finanzierung des Pflegeplatzes für seine Mutter ging. Als sie nach einer Stunde zu ihm gekommen war, hatte sie die Präsentation auf seinem Bildschirm gesehen: »Sales im Wandel – wie positionieren wir uns?«

»Oh, hast du die Briefe schon fertig?«, hatte sie gefragt.

»Wie bitte? Briefe?« Er schien aufzutauchen aus einem Meer an Informationen, die rein gar nichts mit

Altenheimen und Pflegeplätzen zu tun hatten. »Ach, sorry, dazu bin ich gar nicht gekommen. Da kam die Mail von Carol, superdringend, diese Präsentation. Kannst du vielleicht......?«

Und so hatte sie die Briefe geschrieben, Anträge gestellt, und sich um alles gekümmert. Sie war es auch, die ein Mal in der Woche seine Mutter besuchte, mit dem Personal sprach, kleine Aufmerksamkeiten besorgte.

Private Aufgaben blieben prinzipiell an ihr hängen. Ihre 30 Stunden als Bankkauffrau waren lt. Stephan ja nur ein Zeitvertreib, der nichts einbrachte und sie nicht wirklich auslastete. Immer seltener trafen sie sich mit Freunden. Das Thema ›Nachwuchs‹ sprach Claudia gar nicht mehr an – ganz abgesehen davon, dass sie dazu miteinander hätten schlafen müssen. Aber Stephan kam meist erst spät ins Bett, wenn sie längst schlief. Und an Sonntagen, die sie früher gemütlich mit einer Tasse Kaffee, vielen Gesprächen und Zärtlichkeiten im Bett begonnen hatten, drehte er sich heute nur knurrend um, wenn sie mit frischgebrühtem Kaffee zu ihm kam – oder er sprang hektisch in seine Joggingschuhe. Immer öfter entstanden kleine Reibereien, die sich ebenfalls immer öfter zu heftigen Wortwechseln auswuchsen. Er erwartete mehr Verständnis für seinen anstrengenden Job, sie wollte nicht alle privaten Angelegenheiten allein regeln.

»Du lebst in einer völligen Parallelwelt, in der die echten Menschen gar nicht zählen«, warf sie ihm vor.

»Hey, immerhin bin ich damit sehr erfolgreich und verdiene ordentlich Geld.«

Die Streitereien waren aufreibend, doch selbst, wenn es nicht zum Streit kam, blieben ihre Standpunkte unvereinbar.

»Versteh doch, Schatz, es geht um die nächsten vier bis fünf Jahre. Wenn ich das schaffe, dann bin ich Executive. Und dann kann uns fast nichts mehr passieren.«

»Aber du hast Mitarbeiter, fähige Mitarbeiter. Warum musst du dich um alles selbst kümmern? Unser Leben bleibt dabei auf der Strecke. Ich habe gar nichts mehr von dir.«

Manchmal war sie kurz davor gewesen, ihren Koffer zu packen. Damals, als ihre Freundin Mareike heiratete und er in letzter Sekunde zu einem Kunden musste. Sie hätten Trauzeugen sein sollen – schließlich sprang ein Cousin von Mareike ein. Oder als Stephan, vier Tage nach der Beerdigung ihres Vaters, unbedingt zu seinem Chef nach Paris musste, obwohl sie ihrer Mutter versprochen hatten, Papiere zu ordnen. Immer öfter fragte sie sich, was das für eine Welt war, in der eine Vertriebskennzahl höhere Priorität hatte als eine Hochzeit oder ein Todesfall.

Schließlich hatten sie sich auf einen gemeinsamen Urlaub geeinigt. Diesen Urlaub. Eine Woche auf Amrum. ›Ihre‹ Insel, auf der sie vor fast 10 Jahren ihren ersten gemeinsamen Urlaub verbracht hatten. Den Kopf durchlüften. Viel Zeit für Spaziergänge. Und Stephan hatte versprochen, keine Mails anzusehen und keine Telefonate zu führen. Den Rechner hatte er trotzdem mitgenommen.

»Es gibt kostenloses W-Lan im Hotel, das ist doch superpraktisch für alles Mögliche.«

Widerstrebend hatte sie zugestimmt. Kompromisse gehören zu einer guten Ehe dazu, sagte sie sich. Und immerhin hatte er sich die ganze Woche an ihre Verabredung gehalten und sich nicht ein einziges Mal ins Firmennetz eingewählt.

Sie schloss den Vorhang vor dem Fenster, schlüpfte in ihre Leinenjacke und ergriff die Handtasche. Dann verließ sie das Hotelzimmer und zog die Tür hinter sich zu.

»Mission erfolgreich beendet«, dachte sie und lächelte leicht. Ja, das konnte man doch als Erfolg werten, wenn Stephan sich eine ganze Woche Zeit nahm für ihre Lieblingsinsel. Es war wie nach Hause kommen – trotz allem. In den letzten Monaten hatte sie oft an ihrer Beziehung gezweifelt, doch jetzt konnten sie noch einmal beginnen.

Sie trat in die Hotelhalle und erblickte Stephan in der kleinen abgeteilten Ecke, in der ein Bildschirm und ein Telefon standen. Er telefonierte mit dem Handy – hatte das Headset seines I-Phone eingesteckt und gestikulierte mit den Händen, während er einem unsichtbaren Gesprächspartner seine Strategie darlegte.

Claudia sah ihm versonnen zu. Mit wem er wohl telefonierte? Mit Carol, seiner Chefin? Nein, eher mit einem Mitarbeiter. Der Tonfall wirkte gereizt, als gehöre sein Gesprächspartner zu denen, die Stephans geniale Strategien nicht auf Anhieb verstanden. Seine Hände fuhren durch die Luft, fast aggressiv wirkte das. Dabei konnten diese Hände so zärtlich sein. Wenn sie wollten. Wenn er das doch nur öfter wollte, dachte Claudia und schauderte ein wenig.

Als Stephan sie erblickte, winkte er ihr kurz zu. Wenig später legte er auf, klappte den Rechner zu und hinterließ ihn an der Rezeption.

»So, das reicht für's erste. Wir wollen doch noch was haben von unserem letzten Urlaubstag. Erst durch den Ort, dann essen, dann Strand?«

»Sehr guter Vorschlag.« Claudia strahlte und hängte sich bei ihm ein.

Gemütlich bummelten sie zum Hafen, vorbei an Souvenirläden und kleinen Cafés. Ein Krabbenkutter hatte gerade angelegt, Schwärme von Möwen umflogen ihn auf der Suche nach dem sogenannten ›Gammel‹, dem Beifang, den die Fischer wieder ins Meer warfen. Ein paar Touristen kauften Krabben frisch vom Kutter, und Claudia sah, dass auch ein Wagen mit der Aufschrift ›Blaue Maus‹ am Kai stand. Anscheinend holte sich dieses bekannte Restaurant hier fangfrisch alles für die abendliche Küche.

»Lass uns einfach hier bleiben«, meinte Claudia plötzlich. »Die kommen doch auch weiterhin ohne dich aus. Es ist so schön hier.«

Sie hielt ihr Gesicht in die Sonne und schloss die Augen.

»Du hast vielleicht Ideen........ Weißt du, ich bin echt froh, wenn ich wieder zurück bin.«

Claudia sah ihn fragend an:

»Ärger? Oder bist du mich jetzt leid?«

»Quatsch. Nein, Daniel hat meine Mail zu dem Centro-Deal völlig falsch verstanden. Wenn ich eben nicht eingegriffen hätte, wäre das garantiert schiefgelaufen.«

»Deine Mail? Hast du von der Sache denn schon vor unserem Urlaub gewusst?«

»Vorher? Nein, das ist brandneu, Mittwoch kam die erste Information – sieben Mille wollen die locker machen. Und ich habe Daniel gleich geschrieben, wie ich mir das vorstelle.«

»Aber Mittwoch«, Claudia überlegte, »Mittwoch hast du doch noch gar nicht davon gehört. Da waren wir abends essen.«

Und es war der Tag gewesen, an dem sie während eines endlosen Spaziergangs über ihre Ehe geredet hatten. Stephan hatte ihr zugehört, er hatte ihr fest versprochen, sich mehr Zeit zu nehmen.

Stephan nahm einen Kieselstein und warf ihn ins Hafenbecken.

»Na ja, Mittwoch Abend war die Mail da und da hab' ich gleich reagiert.«

»Stephan!« Claudia blieb abrupt stehen. »Wann hast du denn Mittwoch in deine Mail geschaut? Wir waren den ganzen Tag zusammen, haben abends auf der Terrasse gesessen und sind früh zu Bett gegangen.«

Nein, dachte sie plötzlich, das stimmte nicht ganz. Sie hatten tatsächlich auf der Terrasse des Hotels gesessen und noch einen Wein getrunken, im sanften Licht einer Petroleumlampe, die über jedem der kleinen Holztische hing. Es war fast wie damals gewesen, voll knisternder Spannung. Aber dann war nur sie früh zu Bett gegangen. Stephan konnte angeblich nicht schlafen und wollte noch einen Absacker in der Hotelbar nehmen. Als er zurück ins Zimmer kam, schlief sie schon tief und fest.

Seine Stimme versetzte sie wieder in die Gegenwart.

»Tut mir leid, Liebes, aber das ist wirklich immens wichtig. Ich musste einfach am Mittwoch in meine Mail schauen. Länger als drei Tage kann ich die Kollegen doch nicht allein machen lassen. Außerdem gab es schon Gerüchte, am Mittwoch könne was passieren. Und gut, dass ich das getan habe.«

»Aber du hast nichts davon erzählt.«

»Dann wärst du doch nur sauer gewesen. Es war so ein schöner Tag, oder? Ich jedenfalls habe den Mittwoch Abend sehr genossen.«

Er legte den Arm um ihre Taille und küsste sie schnell auf die Wange.

Claudia sah ihn nachdenklich an. Er hatte recht, sie wäre sauer gewesen, wenn sie es gemerkt hätte. Aber sie hatte es nicht gemerkt. Im Gegenteil. Denn als er tief in der Nacht zu ihr unter die Decke schlüpfte, hatte er sie liebevoll gestreichelt, bis sie wach genug für Zärtlichkeiten war.

»Du kommst aber spät«, hatte sie gemurmelt.

»Nein, gar nicht, du schläfst nur so schnell ein. Hab nur einen Cognac getrunken.«

Und dann hatte er sie alles vergessen lassen, seine Zärtlichkeiten fühlten sich fast wieder so schön an wie früher. Nur hatte er anscheinend in Wirklichkeit verdecken wollen, dass er heimlich gearbeitet hatte.

»Also ehrlich, Stephan, jetzt bin ich etwas enttäuscht.« Sie sollte den Mund halten, aber sie konnte es einfach nicht. »Du hattest mir doch versprochen, keine Mail und keine Arbeit. Nicht in diesem Urlaub.«

Inzwischen hatten sie die kleine Pizzeria erreicht. Sie fanden einen Tisch direkt am Fenster und studierten die Speisekarte, die sie fast schon auswendig kannten.

»Nun sei nicht gleich wieder so empfindlich, Claudia. Ich bin extra nach unten gegangen, um dich nicht zu stören.«

»Nur, um einen Cognac zu trinken.«

»Ja, einen Cognac habe ich auch getrunken, darf ich das jetzt auch schon nicht mehr?«

Der Kellner brachte zwei Gläser Weißwein, und Claudia nippte an dem eiskalten Sauvignon Blanc.

»Doch, natürlich, aber«, sie wusste, es war falsch zu fragen, aber sie musste es einfach wissen: »Warst du lange unten? Ich – ich hab's gar nicht gemerkt, war ja sofort eingeschlafen« setzte sie hektisch hinzu. Ihre Stimme klang gepresst. Nur jetzt nicht die Fassung verlieren.

»Vielleicht drei Stunden. Du kannst dir kaum vorstellen, wie viel sich angesammelt hatte in den letzten Tagen. Deswegen war ich am Donnerstag auch recht müde.«

Stephan hob sein Glas und prostete ihr zu.

»Auf einen schönen Urlaub!«

»Ja, auf einen schönen Urlaub!« Nachdenklich sah sie ihren Mann an.

»Und gestern und vorgestern?«

»Wie meinst du das – gestern und vorgestern?«

Der Kellner nahm ihre Bestellungen entgegen – einmal Spaghetti mit Meeresfrüchten, eine Pizza Diavolo, und für beide einen kleinen Vorspeisensalat.

»Na ja, ich meine......« Claudia faltete ihre Serviette in schmale Streifen. »Hast du gestern und vorgestern auch deine Mails angesehen? Vielleicht – als ich unter der Dusche stand?«

»Claudia, musst du wieder alles kaputt machen mit deiner Empfindlichkeit? Hier geht es um sieben Millionen und um meine Karriere – und damit, ganz nebenbei gesagt, auch um unsere Zukunft. Was kann ich denn dafür, dass dieser Deal ausgerechnet jetzt so heiß wird? Soll ich vielleicht alles ignorieren, nur weil dein Urlaub nicht gestört werden soll?«

Stephans Tonfall wurde immer vorwurfsvoller.

»Und außerdem«, ergänzte er, »hast du doch gar nichts gemerkt davon, dass ich gearbeitet habe. Wo ist also das Problem? Ich bin es doch, der diesen Spagat hinkriegen muss. Da will ich mir nicht noch an meinem letzten Urlaubstag Vorwürfe anhören. Der Urlaub ist eh so gut wie vorbei – morgen früh ist ein Riesenmeeting angesetzt, nachmittags wird bereits der Vorvertrag unterzeichnet. Da muss ich dabei sein. Wir dürfen die Fähre also auf keinen Fall verpassen.«

Claudia stocherte in ihrem Salat, den der Kellner soeben schwungvoll auf ihr dunkelrotes Tischset gesetzt hatte.

Natürlich hatte er recht, sie hatte es wirklich gar nicht bemerkt. Im Gegenteil, er war besonders zärtlich gewesen die letzten Tage. Warum fühlte sie sich trotzdem betrogen? War sie wirklich zu empfindlich? Musste sie mehr Kompromisse eingehen?

Sie hob ihr Glas und überwand sich.

»Na gut, vielleicht hast du recht. Es tut mir leid. Auf einen schönen Urlaub, Stephan, und auf uns.«

Der Rest des Essens verlief friedlich, und nach einem kräftigen Espresso verließen sie das Restaurant in Richtung Strand.

Der Amrumer Strand war immer wieder überwältigend. Die Südspitze war eine einzige riesige Sandfläche. Kiter tummelten sich hier, Kinder ließen ihre Drachen steigen. Am Meeressaum liefen die unvermeidlichen Barfußwanderer; die Schuhe in der Hand, platschen sie durch das seichte Wasser. Claudia liebte diese Weite.

»Komm, wir gehen bis zum Bunker. Wenn wir stramm gehen, schaffen wir das.«

»Hey, nicht vergessen, ich muss die Fähre kriegen.«

»Na, dann streng dich halt an.« Claudia lachte. »Die nächsten Wochen bewegst du dich ja eh wieder viel zu wenig.«

Der Bunker war ein Betonklotz, den die Nazis als Schutz gegen Angriffe vom Westen errichtet hatten. Die ganze Nordseeküste war voll davon. Vor allem in Dänemark gab es hunderte. Bei ihrem Urlaub auf Römö, vor ein paar Jahren, hatten sie eine fotografische Skurrilitätensammlung angelegt – die eingewehten Bunker auf dem Sandstrand hatten dazu gehört.

Auf Amrum gab es nur diesen einen, halb versunken zwischen Dünen und Meer. Fast eine Stunde brauchten sie, bis sie endlich da waren. Die Sonne schien, der Wind war warm und fühlte sich auf der Haut an wie eine zarte, salzige Liebkosung. So weit von Wittdün entfernt war der Strand menschenleer, nur ein paar Möwen kreischten über den Dünen, und ganz am Horizont tollte jemand mit einem Hund über den Strand.

Der Bunker passte gar nicht in die Szenerie aus Dünen und Sand. Er wirkte wie ein Fremdkörper, und das war er ja auch. Ein grauer Betonquader, leicht verwittert, etwas über mannshoch. Die rechte Seite war in den Sand eingesunken, so dass die Öffnung vorne ganz schräg stand. Anscheinend war das letzte Hochwasser sehr weit gestiegen, denn die Hochwasserlinie hatte einen schmalen Tangstreifen um die Vorderseite des Bunkers gelegt, die Fläche vor dem Eingang war völlig unberührt. In den letzten Stunden war hier niemand gewesen. Nur ein paar Möwen hatten ihre Fußabdrücke hinterlassen.

»Der hat ja eine Öffnung. Ob man da hinein gehen kann?« Claudia war neugierig. Öfter schon hatte sie den alten Bunker von weitem gesehen, doch noch nie waren sie so nah gewesen.

»Besser nicht. Wer weiß, was da alles drin liegt.«

»Was soll drin liegen?«

»Na, das übliche: Spritzen, gebrauchte Kondome, tote Möwen ...«, Stephan grinste.

»Du bist ein Ekel. Ich schau trotzdem hinein, wenn wir schon mal hier sind.«

Vorsichtig näherte sie sich der Öffnung. Die Luft war dumpf, und es roch unangenehm nach Müll, Urin und Tang und etwas Süßlichem, das sie nicht richtig einordnen konnte. Möwenscheiße, sagte sie sich und musste fast grinsen. Nahezu stockfinster war es hier, nach dem hellen Sonnenschein draußen konnte Claudia kaum etwas sehen. Außer der Eingangstür, in der sie selber stand, ließ nur eine schmale Spalte, fast wie eine Schießscharte, ein wenig Licht herein.

Doch so viel sah sie: Stephan hatte recht gehabt, es gab reichlich Müll im Bunker. Allmählich gewöhnten sich ihre Augen an das Dämmerlicht. Sie erkannte eine Plastiktüte vom Aldi, eine alte Zeitung lag da, eine verdreckte Schnapsflasche, und irgend jemand schien seine Altkleidung hier entsorgt zu haben, denn in der hinteren Ecke sah sie einen unordentlichen Kleiderhaufen. Rechts von ihr erblickte sie ein paar kleine Vogelknochen, vielleicht das Gerippe einer Möwe. Vorsichtig machte sie einen weiteren Schritt in den Bunker hinein. Seltsam, dass ein Kleiderhaufen dermaßen stinken kann, dachte sie.

»Claudia, nun komm schon wieder raus. Wir müssen zurück zur Fähre!«

»Gleich, ich komme sofort!«

Jetzt lag der Kleiderhaufen direkt zu ihren Füßen. Inzwischen konnte sie mehr erkennen: eine Tweedjacke, eine fleckige hellbraune Hose, und dort ragte etwas seltsam bleiches aus dem Stoff hervor. War das ... eine Hand? Claudia zuckte zusammen. Ihre Gedanken rasten plötzlich. Eine Hand gehörte nicht in einen Kleiderhaufen ... der süßliche Geruch ... tote Möwen. Ein Mensch. Dort lag kein Kleiderhaufen, dort lag ein toter Mensch. Jetzt sah sie auch den Kopf, vornüber hängend, von wirren Haaren bedeckt.

»Stephan!« Ihr Schrei zerriss die Stille, während sie aus dem Bunker stürzte.

»Da, da drin!« Claudia würgte. Sie stützte sich gegen den rauen Beton und übergab sich.

»Claudia, was ist denn los?«

Doch Claudia war unfähig zu antworten. Immer noch würgend, wies sie auf den Eingang und stammelte unverständliche Laute.

Stephan sah sie fragend an, dann nahm er sein I-Phone, machte die Taschenlampen-App an und ging in den Bunker. Als er wieder herauskam, war er kreidebleich.

»Mein Gott, ein toter Mann liegt dadrinnen.«

»Stephan, wie schrecklich, hast du ihn gesehen? Wir müssen ihm helfen.«

»Dem können wir nicht helfen, Claudia. Der ist mausetot.«

»Ja, aber trotzdem, die Polizei, Krankenwagen, was TUN wir denn nur?«

»Claudia, beruhige dich doch erst mal. Der Mann liegt nicht erst seit gestern hier.«

Schaudernd dachte Claudia an den süßlichen Geruch und an den seltsam hängenden Kopf.

»So was geschieht doch immer nur in Filmen, Stephan. Aber doch nicht hier auf dieser Insel. Meinst du, er ist einfach gestorben?«

»Ich weiß nicht, es könnte ein Landstreicher sein, der sich hierher zurückgezogen hat. Allerdings sah es aus, als sei Blut in den Sand gesickert.«

»Du meinst: er wurde ermordet?« Claudia sah sich um, als erwarte sie, einen Mörder aus den Dünen springen zu sehen.

»Egal, was geschehen ist, es ist mindestens vor der letzten hohen Flut passiert, also gestern. Und voraussichtlich noch viel länger her. Ich kenne mich zwar nicht aus, aber der Geruch ist heftig, das kann kaum nach 24 Stunden so riechen.«

Stephan wischte Hände und I-Phone an einem Taschentuch ab, dann rieb er seine Schuhsohlen über den Sand.

»Komm, Claudia, wenn wir jetzt nicht sofort losziehen, kommen wir zu spät zur Fähre.«

»Zur Fähre? Aber wir müssen zur Polizei, unbedingt. Wir müssen das melden. Vielleicht kann man ja doch noch was tun.«

»Claudia, wie oft soll ich es noch sagen? Dem Mann hilft kein Arzt und auch keine Polizei.«

»Aber seine Angehörigen......«

»Wenn wir jetzt die Polizei anrufen, können wir die Fähre vergessen. Bis die hier sind und ihre endlosen Fragen gestellt haben, ist es später Abend. Und ich muss morgen früh in Hamburg sein. Wer weiß, wie lange er da schon liegt.«

»Aber wir können ihn doch nicht einfach da liegen lassen.«

»Wirklich, Claudia, ich sage es jetzt zum letzten Mal: dieser Mann ist tot. Wahrscheinlich ein Landstreicher, der sich zu Tode gesoffen hat. Er liegt schätzungsweise seit mehreren Tagen dort. Niemand hat ihn bisher gefunden, niemand vermisst. Wenn wir jetzt unseren Fund melden, haben wir endlose Diskussionen mit der Polizei und wir kommen ganz bestimmt nicht nach Hamburg. Wahrscheinlich werden wir sogar gezwungen, vor Ort zu bleiben, bis alle Spuren gesichert sind. Wegen einem solchen Penner werde ich nicht auf einen Sieben-Millionen-Deal verzichten und meine Karriere ruinieren. Außerdem müssen wir eh erst mal zum Festland, selbst, wenn es hier eine Polizeistation gibt: Am Sonntagnachmittag ist die kaum besetzt.«

Claudia öffnete den Mund und starrte Stephan an, als habe sie ihn noch nie gesehen.

Du könntest einfach anrufen, dachte sie, mit deinem tollen I-Phone. Aber sie sagte nichts mehr. Ohne ein weiteres Wort stapfte sie in Höchstgeschwindigkeit über den Sand in Richtung Wittdün.

Im Hotel übernahmen sie ihr Gepäck. Claudia wartete darauf, dass Stephan den Portier über ihren Fund informierte, doch Stephan bedankte sich nur, als er seinen Laptop übernahm und wünschte dem Portier einen schönen Tag.

Schließlich saßen sie auf der Fähre. Obwohl die Sonne noch immer schien, zitterte Claudia. Immer wieder sah sie die Hand, die verdreckten Kleider, sie meinte den süßlichen Geruch in der Nase zu spüren.

Stephan tätschelte ihren Arm.

»Du hattest einen Schock, kein Wunder, dass du frierst. Aber jetzt ist ja alles vorbei.« Er holte ihr einen Aquavit aus der Bar, den sie herunterschluckte wie ein Kind seinen Lebertran. Sie fühlte sich völlig leer, kein Gefühl, keine Empfindung konnte zu ihr durchdringen. Sicherlich unterhielten sich die Menschen auf der Fähre, lachten, bewegten sich, doch Claudia hörte nur ein Rauschen, es war, als bewege sie sich durch einen alten verzerrten Stummfilm. Legte Stephan den Arm über ihre Schulter? Oder war das vielleicht ein toter Arm, der nach ihr griff? Sie sprang auf, stürzte zur Toilette und erbrach sich erneut, bis nur noch galliger Schleim hochkam. Als sie sich den Mund ausspülte, schaute die Frau neben ihr mitleidig zu ihr hin.

»Ja, manche werden seekrank, wenn sie ein Schiff nur sehen, meiner Schwester ging es damals genauso.«

Claudia floh zurück auf das Deck, doch es war ihr unmöglich, neben Stephan zu sitzen. Sie blieb regungslos an der Reling stehen und sah zu, wie Amrum zurückwich und der Hafen von Nordstrand immer größer wurde.

Schließlich riss sie sich zusammen und trat zu Stephan.

»Und wie geht es jetzt weiter?«, fragte sie ihn.

»Ich habe mir das überlegt: es gibt überhaupt keinen Grund, jetzt eine große Welle zu machen. Der Mann wird wahrscheinlich von niemandem vermisst. Schätzungsweise wirklich ein Landstreicher, der sich in dem Bunker ein Plätzchen gesucht und letztlich gestorben ist. Unsere Spuren dürften vom Hochwasser diese Nacht verwischt werden. Morgen oder übermorgen wird ihn jemand finden.«

»Du meinst, wir gehen jetzt nicht zur Polizei?«

»Nein, das bringt doch nichts. Nur endlose Scherereien und Verspätungen. Morgen muss ich wirklich fit sein für die Verhandlungen.«

»Aber es wäre doch ein Grund, Stephan, ich meine, deine Chefin wird das verstehen. Das ist ein Mensch, der da liegt.«

»Ein toter Mensch! Und für ihn ändert sich wirklich nichts, ob er heute oder morgen oder nächste Woche gefunden wird. Für mich ändert sich aber ganz viel. Wir haben monatelang auf genau diesen Deal hingearbeitet. Wenn ich morgen nicht da bin, dann wird Daniel sich die ganzen Lorbeeren ans Revers heften, obwohl er ohne mein Eingreifen nie klargekommen wäre. Und was das für meine Karriere heißt, kannst du dir ja wohl vorstellen.«

Claudia schaute ihn lange an. Dann nickte sie.

»Ja, Stephan. Ja, ich glaube, jetzt habe ich dich verstanden.«

Mit leisem Ruckeln legte die Fähre an. Claudia zog ihren Trolley über die Gangway. Schnellen Schrittes ging sie bis zur Ausgangstür des Fährterminals.

»Claudia, warte, ich muss noch die Parkgebühren zahlen.«

Sie wandte sich um. Stephan stand vor dem Parkautomaten, fragend blickte er zu ihr hinüber. Einen Moment lang zögerte sie, doch dann schüttelte sie leicht den Kopf. Ohne noch einmal anzuhalten, ging sie auf die lange Schlange wartender Taxis zu.

*****

P.S.: Alle Amrum-Liebhaber bitte ich um Verzeihung, dass ich den wunderschönen Amrumer Sandstrand für diese Geschichte mit einem Bunker verschandelt habe. Es gibt diese Bunker auf einigen Inseln entlang der Nordsee, aber definitiv nicht auf Amrum.

Gestern war ich tot

Steffi Müller

Ihr war durchaus klar, dass sie davonlief. In Windeseile hatte sie alles, was sie benötigte, in ihren Nissan hineingestopft, der die Hitze der Stadt in sich aufgesaugt hatte. Links und rechts wuchtige Häuserzeilen. Durch das geöffnete Schiebedach spuckten sie Wortfetzen auf Ronja nieder. Kinderlachen, Streitgespräche, Gesang, liebende Worte. Nichts davon erreichte sie wirklich. Den Blick stoisch auf die schier endlose Straße gerichtet, trieb sie den Wagen über das heiße Pflaster. Staub machte es sich in ihren Poren bequem. Der Fahrtwind kämpfte einen aussichtslosen Kampf. Jeder, der sich müßig durch die Straßen schob, atmete Schweiß. Endlose Minuten, bis Ronja das blaue Schild entdeckte, das Freiheit bedeutete. Die Autobahn meinte es gut mit ihr und ließ ihr Platz. Ronja fuhr ohne Pause und wie immer zu schnell. Das Meer, das Strandhaus, Sand und Wind.

Wird mir das helfen? Finde ich dort zurück zur Inspiration, zum produktiven Gedankenfluss, zu meinem inneren Auge?

Selbstzweifel. Jeder Künstler besaß sie. Und wurde zum Kämpfer gegen das eigene Ich.

Als sie in den kleinen Schotterweg einbog, fiel ihr Blick auf frisches Reet. Das Dach ihrer Zuflucht war neu belegt worden. Die salzige Luft trug einen Hauch von Holz und Schilf zu ihr herüber. Ronja parkte den

Wagen dicht am Haus. Ihrem Sehnsuchtsort, ihrem Ruhepol. Sie staunte darüber, dass sie es nicht so empfand. Sie war gefangen zwischen dem, was sie vollbringen wollte und der Erkenntnis, dass es ihr nicht gelang. Sie hatte schon so viele, von Fachleuten hoch gelobte Bilder geschaffen. Man zollte ihr in der Kunstwelt großen Respekt. Dieses Mal war es anders. Das Bild, das in ihr schlummerte, weigerte sich, emporzusteigen und auf der Leinwand Ewigkeit zu erlangen. Ronja kam nicht dahinter, woran es lag.

Die Unruhe legte sich nur langsam, als sie das Haus aufschloss. Stille, so angenehm wie die Einsamkeit. Ihre Malsachen im Auto konnten warten. Sie musste sich in ihrem Gefühlschaos erst selbst wiederfinden. Im Wohnzimmer zeigten die bodentiefen Fenster hinaus auf das kühle Meer. Grau und stählern waberte es auf und ab.

Es lebt. Und ich?

Sie öffnete weit die Fenster und ließ die Sonne und den Geruch des Meeres ins Haus. Ronja wischte sich mit dem Handrücken über die Stirn. Erinnerungen tauchten auf. Hier hatte alles seinen Anfang genommen. Sie war zum ersten Mal hier gewesen, als sie das Bild entdeckt hatte. Es stand, einsam und verstaubt, hinter einer Tür, als sie das Strandhaus besichtigte. Damals war sie auf der Suche nach einem Liebesnest für die Sommer mit Marc gewesen. Er hatte sie von Anfang an verzaubert. Diesen Zauber wollte sie mit niemanden teilen. Aber das Bild hatte sie nicht mehr losgelassen, als sie zurück nach Hause fuhr. Ronja hatte der Maklerin mitgeteilt, sie würde das Haus mit dem Bild kaufen. Damals hatte sie es als eine Art Vorsehung betrachtet. Ihr gefiel der Gedanke, dass der Vorbesitzer dieses Bild als Botschaft zurückgelassen hatte. Es zeigte zwei weiße Schwäne auf einem im Wald versteckten Teich. Die Hälse umschlungen, vollführten sie ihren Hochzeitstanz im Rausch der Liebe. Was für eine wunderbare Szene. In jedem der folgenden Sommer, die sie mit Marc hier verbracht hatte, war dieses Bild bei ihnen gewesen. Immer, wenn sie das Haus betrat, hatte sie das Gefühl, zwei alte Bekannte zu besuchen. Zwei, die immer da waren. Die auf sie warteten, bis der nächste Sommer kam. Oft hatte Ronja vor ihnen gestanden und Zwiesprache gehalten. Was sie hier wohl alles schon gesehen hatten. Ob sie schon immer hier gewesen waren? Das würde sie wohl nie erfahren. Ebenso wenig, wer sie erschaffen hatte. Das Bild trug keinen Namen. Aber es gehörte zum Haus. Es gehörte zu ihr. So war es auch jetzt. Es schlummerte noch am selben Platz, an dem Ronja es angebracht hatte.

Ihr Handy riss sie zurück in die Wirklichkeit. Das Display zeigte Marcs Gesicht. Nein, sie nahm das Gespräch nicht an. Er würde ihre Flucht sowieso nicht verstehen.

Ronja kramte in den Schubladen des Schlafzimmers nach ihren Badesachen. Abkühlung war genau das, was sie jetzt brauchte. Die Nachmittagssonne verwandelte den Strand in eine heiße Wüste, die menschenleer war. Die Urlauber blieben in der Nähe ihrer Hotels. Dort, wo Bademeister mit Argusaugen über ihre Kinder wachten. Dieser wilde Küstenabschnitt hatte immer nur ihnen gehört.

Ein Schauer kroch über ihren schlanken Körper, als das Meer sie begrüßte. Endlich klärte sich ihr Blick und sie konnte wieder atmen. Der Horizont verschmolz mit dem Himmel und gab ihr das Gefühl von Unendlichkeit. Sie musste an die kleinen Schildkröten denken, wie sie das erste Mal das rettende Wasser erreichten. So winzig, so hilflos, bis das Meer sie aufnimmt und ihnen Schutz bietet. So wie ihr jetzt. In langen Zügen hinaus in die Weite. Mit jedem Zug wird das Meer kühler, tiefer, endloser.

Freiheit ist so unbeschreiblich. Hallo Seele, ich bin wegen dir hier. Lass uns wieder eins werden. Und etwas Großes schaffen.

Als Ronja zum Strandhaus zurückkehrte, küsste die blutrote Sonne die Wellen und versetzte die Meeresvögel in helle Aufruhr. Für die Tiere war es an der Zeit, Schlafplätze zu finden.

Ronja räumte den Nissan leer, schleppte den Inhalt in ihr Strandhaus und verschloss die Tür. Zwischen all den Dingen, die sie mitgebracht hatte, waren die Leinwände die Unscheinbarsten. Sie stellte eine auf die Staffelei und rückte alles zum Fenster. Da standen sie sich nun gegenüber. Die Leinwand, so blütenweiß und unschuldig wie ein Kind. Und die Malerin, die diese Leinwand liebte und hasste.

Morgen. Morgen gehörst du mir. Ich werde mit dir kämpfen. Ich werde dich zwingen, mir zu gehorchen. Egal, wie lange es dauert. Ich werde gewinnen.

Der nächste Morgen begann mit dem Radau ihres Handys, das sie aus dem Schlaf riss. Marc, er würde nicht aufgeben. Ihm war sicher klar, wo sich seine Angebetete versteckte. Doch er würde niemals wagen, hier einfach aufzutauchen. Er kannte ihre Marotten zu gut und wusste, dass sie ihn davonjagen würde. Wenn Ronja in solch einer Schaffenskrise steckte, brauchte er Kneifzangen. Und darauf hatte er ohnehin keine Lust.

Ronja setzte Kaffee auf und beschränkte sich auf eine Katzenwäsche. Sie hatte erstaunlich gut geschlafen und war wild entschlossen, ein Wunder zu vollbringen.

Es war ein strahlender Tag, der ihr das perfekte Licht bot. Zeit und Ruhe hatte sie genug. Respektvoll griff sie nach ihrer Pinseltasche und begann das Spiel. Mit zarten Strichen setzte sie erste Grundrisse auf den gespannten Stoff. Ohne es überhaupt zu bemerken, hielt sie den Atem an, wenn der Pinsel die Leinwand berührte. Zwei Stunden später, der Kaffee war kalt, ihr T-Shirt nassgeschwitzt, trat sie zurück und betrachtete ihre Arbeit.

Ist es das, was ich will? Reicht mir das? Reicht es der Welt da draußen? Warum fühlt es sich so unzulänglich an? Was mache ich bloß falsch?

Wieder Resignation, wieder Ratlosigkeit. Ronja war am Ende.

Weiter! Los, du schaffst es!

Wie eine Besessene malträtierte sie die Leinwand. Mit jedem Pinselstrich entfernte sie sich weiter von dem, was sie wollte.

Das laute Knurren, das sie am Rande vernahm, ging von ihr aus. Ronjas Magen beschwerte sich über dauerhafte Vernachlässigung. Das Schwindelgefühl weiter zu ignorieren, würde schon bald zu Übelkeit führen. Als ob sie das nicht genau wüsste.

Ronja griff nach der Wasserflasche, die neben der Staffelei stand. Sie ließ das Geschmiere, dass sie verhöhnte, keine Sekunde aus den Augen. Vincent van Gogh fiel ihr ein. Und die zwielichtigen Geschichten um sein abgetrenntes Ohr. Steckte er möglicherweise damals in eben solch einer Krise? Wollte er sich bestrafen für sein Scheitern? Ronja ließ Pinsel und Farbpalette einfach fallen. Sie rannte in die Küche, stieß dabei die Bodenvase um, und kam mit einem langen, scharfen Messer zurück. Es war der Moment, in dem sie völlig klar sah. In dem sie wusste, was zu tun war. Sie starrte auf die Leinwand, auf ihr verdorbenes Bild und riss ruckartig den Arm nach oben. Im ersten Schlag sammelte sich ihre ganze Wut. Sie stieß das Messer immer wieder in die Leinwand. Dumpfe Geräusche begleiteten ihr Sterben. Ronja geriet in Ekstase. Die ganze Gewalt, die sich aus ihrem Körper löste, war seltsam befreiend. Ein unbekannter Rausch. Sie dachte nicht, sie gab sich vollkommen diesem Gefühl hin.

Als sie zu sich kam, saß sie auf dem Boden in einer Wasserpfütze, zwischen bunten Farbfetzen. Sie war erschöpft. Und entsetzt über das, was sie getan hatte. Wenn sie nicht endlich zu einem sinnvollen Ergebnis käme, würde sie verzweifeln. Ronja schaffte es auf die Beine. Sie musste essen. Sie musste trinken. Das Chaos beseitigen. Ihren verlorenen Verstand wiederfinden.

Am Abend betrank sie sich. Sie wollte diesen schlimmen Tag vergessen. Marc hatte noch zwei Mal angeklingelt. Sie ignorierte ihn noch immer. Er passte mit seiner sanften Stimme nicht in ihre derzeitige Gemütslage. Er verstand ihren Ehrgeiz ohnehin nur schwer. Für ihn war eine Leinwand eben eine Leinwand. Ein Bild eben nur ein Bild. Er betrachtete, was er darauf sah und kam oft nicht dahinter, was es ihm sagen wollte. Er war der gutmütigste Mensch, den Ronja jemals kennen gelernt hatte. Aber den Kunstverstand hatte ihm niemand in die Wiege gelegt.

Ronja saß auf dem Boden, den Rücken an die Couch gelehnt. Über den Punkt des angenehmen Beschwipstseins war sie längst hinweg. Sie öffnete im zweiten Versuch die zweite Flasche Wein. Der Korkenzieher traf eher zufällig den Flaschenhals. Ihr schwammiger Blick wurde von Tränen, die sie den ganzen Tag mit Erfolg verdrängt hatte, noch mehr getrübt. Das Selbstmitleid hüllte sie in einen Kokon. Für den Moment genoss sie ihren Zustand. Ihr Scheitern im Alkohol zu ertränken, schien ihr der beste Ausweg. Ronja machte sich nicht die Mühe, ein Glas zu benutzen. Sie kippte den Wein einfach hinunter. Sie sah sich selbst dort sitzen - was für eine lächerliche Figur sie doch war. Ein Lachkrampf schüttelte sie, ehe sie erschöpft in einen komatösen Schlaf fiel.

Tag drei im Strandhaus verbrachte Ronja fast vollständig im Badezimmer. Als sie endlich wieder klare Gedanken fassen konnte, war es später Nachmittag. Sie duschte, zog sich an und schlenderte, noch schwach auf den Beinen, zum Strand.

Was hab' ich mir bloß dabei gedacht. Das Ergebnis ist ein verlorener Tag. An meinem Dilemma hat es nichts geändert. Gott, wie dämlich.

Eine kühle Brise half ihr, den Kopf wieder frei zu bekommen. Ihr langer Schatten tanzte im schwach wirbelnden Sand. Einsame Fußabdrücke gruben sich in den feuchten Boden. Für einen Moment, bis die Gischt die Gelegenheit erkannte und ihr Spiel begann.

Das Rauschen des Meeres wurde ohne Vorwarnung von heftigem Gebell übertönt. Ein Hund, so groß wie ein kleines Pony, raste auf Ronja zu. Ehe sie zu Ende gedacht hatte, was zu tun war, bremste er gerade noch rechtzeitig, um nicht mit ihr als Knäuel im feuchten Sand zu landen. Zur Salzsäule erstarrt, verschmolz Ronja mit dem Boden und wagte keine Bewegung. Nur ihre Augen suchten das Gelände ab. Niemand. Niemand, der hinterhereilte, um diesen wildgewordenen Riesen wieder einzufangen. Und nun? Der Hund hatte offenbar nicht die Absicht, sie einfach ziehen zu lassen. Er setzte sich auf seine Hinterbacken und musterte sie mit großen Kulleraugen. Sanfte, freundliche Augen. Schwarz wie die Nacht. Er trug kein Halsband. Sie konnte hier nicht ewig bleiben, also wagte Ronja zaghafte Schritte rückwärts. Er blieb sitzen, legte den Kopf schief und wartete ab. Ronja trippelte weiter. Das verstand der Riese wohl als Aufforderung. Er stellte sich neben sie. Bereit mit ihr einen Spaziergang zu machen.

Das kann nicht dein Ernst sein. Geh doch einfach weg. Ich habe schon genug Probleme.

Er blieb. Nächster Versuch. Nachdem er offenbar keine bösen Absichten hegte, wagte Ronja, das angespülte Holzstück aufzuheben. Sie schleuderte es so weit sie konnte. Der Hund legte wieder den Turbo ein, sprintete hinterher und brachte ihr brav das Teil zurück.

Wieder eine Fehleinschätzung.

Nicht für den Riesen. Er hatte sofort verstanden und legte ihr das Holz mit wedelndem Schwanz vor die Füße.

Das kann ja heiter werden. Wie werde ich ihn jetzt bloß wieder los?

Ronjas Verstand brüllte: ›Geh einfach weg‹. Ihr Bauch sagte etwas anderes: ›Versuch es gar nicht erst‹. Sie musste also eine Entscheidung treffen. Ronja fasste sich ein Herz, drehte sich abrupt weg und lief, so gelassen wie eben möglich, zurück Richtung Strandhaus. Der Hund hinterher. Das Holz im Maul. Ronja blieb kurz stehen, schaute sich um. Der Riese setzte sich und wartete.

Okay, du willst es so.

Ronja legte Tempo zu und ging jetzt mit festem Schritt, ohne ihn weiter zu beachten. Es war noch früh am Abend, doch sie war unendlich müde.

Als sie am nächsten Morgen Fenster und Türen öffnete, wurde ihr Blick direkt mit dem Riesen konfrontiert. Er hatte die ganze Nacht vor ihrem Haus gewacht. So verstand es Ronja. Etwas veränderte sich in ihr. Sie lächelte dem Tier entgegen und streckte zaghaft eine Hand aus. Er kam näher und schaute mit diesem Blick, den nur Hunde beherrschen.

»Dann bist du also ein Streuner. Du hast sicher Hunger. Mal sehen ….«

Sie lief zur Küche, der Hund hinterher. Ronja erschrak, das hatte sie nicht erwartet. Aber es war okay. Sie suchte die größten Schüsseln heraus. Eine füllte sie mit Wasser, die andere mit Cornflakes.

»Tja, mein Großer. Das ist alles, was ich habe.«

Sie stellte beides auf den Boden. Der Große schnüffelte an den Cornflakes und schaute sie an, als würde er an ihrem Verstand zweifeln. Ronja wagte es, ihm über den Kopf zu streichen.

»Besser als nichts, oder?«

Das hatte sich das Tier wohl auch überlegt. Es leerte die Schüssel bis auf den letzten Krümel, leckte dann mit seiner riesigen Zunge die Schüssel blank und gab Laut.

»Das sollte wohl ein ›Danke‹ sein. Gern geschehen.«

Der Hund rülpste.

Während des Frühstücks kehrten ihre Sorgen wieder. Heute wollte sie es langsamer angehen. Mehr Sorgfalt, mehr Gefühl.

Die neue Leinwand stand bereits auf der Staffelei. Der Große hatte es sich neben ihrem Arbeitsplatz gemütlich gemacht und döste vor sich hin. Ronja malte. Sie legte den Pinsel nicht ein Mal aus der Hand. Hin und wieder fiel ihr Blick auf den ungeladenen Gast. Er hatte sich auf den Rücken gedreht, streckte alle vier Pfoten nach oben und schnarchte.

Ein Bild zum Totlachen.

Die Stunden vergingen. Die Leinwand füllte sich mit Leben. Sie sprach zu ihr, zeigte ihr den Weg. Ronja staunte über das goldene Licht der Morgensonne, das auf der Leinwand leuchtete. Es fiel auf glühende Berge hinter einem glasklaren See. Inmitten des Sees ein Haus auf Stelzen. Ganz aus Glas brachen sich Sonnenstrahlen, so bunt wie der Regenbogen, in seinem Inneren. Sie hatte es geschafft. Sie hatte die Leinwand bezwungen.

»Sieh mal, Großer. … Was meinst du? Wird es der Welt gefallen?«

Der Hund setzte sich neben sie und betrachtete das Bild. Er schlug einmal an und wandte sich ab.

»Was soll das heißen? Ich spreche deine Sprache nicht.«

Wieder ein Kläffen.

Ronja setzte ihren Pinsel wieder an und fügte dem Bild noch etwas hinzu.

Am Abend fotografierte sie das fertige Bild und schickte es an Marc. Prompt klingelte das Telefon.

»Du hast dich selbst übertroffen. Großartig. Aber, … ein Hund?«

»Ein Hund auf einem Bootssteg vor seinem Zuhause. Genau.«

»Bist du okay, Schatz? Ich meine, … geht es dir gut?«

Ein kurzes Schweigen, bevor Ronja antwortete.

»Bis gestern war ich tot.«

Wieder entstand eine Pause. Ronja schaute hinüber zu dem Riesen und lächelte.

»Ich komme nach Hause.« Falls Marc antwortete, hörte Ronja das nicht mehr. Sie hatte bereits aufgelegt.

Eine Nacht blieb sie noch am Meer, brachte alles wieder in Ordnung. Nichts erinnerte mehr an die Qualen, die sie durchlebt hatte. Die Hälfte ihrer Sachen ließ sie dort zurück. Sie verschloss ihr Strandhaus, das sie so sehr liebte und ging zum Auto. Sie öffnete die Türen und rief:

»Vincent, spring ins Auto. Wir fahren nach Hause.«

*****

Erste Liebe

Heike Auel

Walter ließ den Kopf gegen das Kissen des Krankenhausbettes sinken. Reha, Kur, Pflege! 74 Jahre war er alt geworden, ohne auf irgend jemanden angewiesen zu sein. Keinen Tag krank gewesen während seiner fast 50 Jahre als Buchhalter bei Mommsen & Co. Und jetzt faselten diese Schnösel von Ärzten etwas über Pflegestufen. Die hatten doch alle gar keinen Mumm mehr, die jungen Leute. Disziplin, eiserne Disziplin, dann wurde man auch nicht krank. Seine rechte Hand griff zum Wasserglas, zitternd hob er es hoch, es rutschte aus seinen Händen und zerschellte auf dem glatten Krankenhausboden. Die Schwester, die gerade bei dem alten Mann nebenan Blutdruck gemessen hatte, sah erschrocken auf.

»Herr Jungeblut, was machen Sie denn da? Nehmen Sie doch den Becher.«

Und sie reichte ihm einen Plastikbecher mit Trinkschnabel. Wütend schubste er den Becher von sich, direkt gegen ihren ausladenden Busen, der sich über ihn beugte.

Seit er hier lag, wurde er behandelt wie ein Kleinkind. Die Schwestern fütterten ihn, fassten ihn an Stellen an, die niemand mehr derart berührt, ja gesehen hatte, seit er ein kleiner Junge war. Und alles nur, weil irgend ein kleiner Blutklumpen in einer Ader im Gehirn steckengeblieben war.

»Sie haben viel Glück gehabt, Herr Jungeblut«, hatte der Schnösel ihm erklärt. »Hätte Ihre Nachbarin Sie nicht so schnell gefunden und sofort den Notarzt gerufen, ... «

Er schwieg pietätvoll, doch Walter wusste auch so, was er sagen wollte. Ohne Frau Grabner könnte er sich jetzt die Radieschen von unten ansehen. Genau so war es. Und nun – wollten sie ihn zur Reha schicken, später wohl in ein Pflegeheim. Dafür sollte er Frau Grabner auch noch dankbar sein?

Walter schnaubte. Er hatte jeden Tag die letzten 30 Jahre seine Gymnastik gemacht, jeden Tag mindestens 30 Minuten Bewegung, war Runde um Runde gelaufen. Keine Zigaretten. Nur hin und wieder ein Glas Whiskey. Und: keine Frauen! Das heißt, natürlich hatte es Frauen gegeben in seinem Leben, man hatte ja so seine Bedürfnisse. Aber nie, niemals hatte er sich von einer Frau in sein Leben hereinreden lassen. Er hatte seinen Beruf, seine Zahlen, das reichte völlig aus. Kinder, Familie, was sie alle für ein Wesen darum machten. Er war jeden Abend dankbar, in seine aufgeräumte Wohnung zu kommen. Kein Kindergeschrei, keine Ehefrau, die nach mehr Haushaltsgeld verlangte und mindestens einmal im Monat zum Friseur wollte. Er hatte auch nie begriffen, warum die Menschen in die Ferne reisen mussten. Ans Meer, zum Beispiel. Oder in die Berge. Seine westfälische Kleinstadt reichte ihm völlig, im Urlaub dehnte er seine Spaziergänge aus, sortierte seine Bibliothek, besuchte Antiquariate, reiste hin und wieder in ein Museum, das war genug. Genug für ein Leben.

Ja, er war die ganze Zeit rundherum glücklich gewesen. Sicher, immer mal gab es Phasen, die, nun ja, schwieriger gewesen waren. Damals, als die Kinder seiner Schwester Laura noch klein waren. Da kamen sie auf ihn zugesprungen, zausten seine Haare, patschen vor seine Brillengläser. Es hatte lange gedauert, bis er sie an den nötigen Abstand gewöhnt hatte und sie ihm nur noch artig die Hand gaben.

Manchmal, wenn er jetzt im Stadtpark Großeltern sah, die mit ihren Enkeln lachten und spielten, dann fühlte er ein ganz leises Ziehen, als sei da ein Loch, das gefüllt werden müsse. Aber das war wohl eher die Narretei eines alten Mannes.

Oder als Laura, viel zu früh, mit 65 Jahren, verstorben war. Da war ihm bewusst geworden, dass er allein war, keine Eltern, keine Geschwister, keine Kinder. Und seine Pensionierung stand kurz bevor. Sicherlich war das der Grund für die kurze Beziehung mit Waltraud gewesen. Eine Dummheit, wie er heute fand. Wenige Wochen hatte er sich regelmäßig mit ihr getroffen. Ein Restaurantbesuch, Theater, Stunden bei einem Glas Wein. Aber als sie tatsächlich einen Lippenstift und ihre Puderdose in seinem Bad liegen ließ, da wusste er, dass es genug war. Er ertrug es nicht länger. Er ertrug sie nicht länger. Waltraud war kurz darauf fortgezogen. Ein wenig hatte er sie vermisst, das ja, doch er hatte seine Gymnastik und die regelmäßigen Spaziergänge wieder aufgenommen (›Walking‹ nannten die jungen Leute das heute) und schon bald schien ihm, die Zeit mit Waltraud habe es nie gegeben. Disziplin, sagte er sich, alles eine Frage der Disziplin und der Haltung.

Oh, er war sehr gut ausgekommen ohne die Menschen, ohne ihr lautes Getöse und Geschrei, ohne ihre Vereine, Familien, ihre Gefühle und Sorgen. Und Liebe? Liebe war etwas für Kinofilme und junge Mädchen.

Jetzt sollte er also zu einer Reha. Die junge Dame von der Sozialabteilung hatte ihm gerade den Prospekt gegeben. Eine Klinik direkt am Meer, Einzelzimmer, sehr gepflegt. Und mit hervorragendem Ruf für Patienten wie ihn.

»Sie werden sehen, Herr Jungeblut, danach können Sie wieder allein essen.«

»Ja, und pinkeln«, dachte Walter, doch er sagte es nicht.

***

Das erste, was Walter in der Kurklinik kennenlernte, war der Speisesaal. Als er ankam, hatten sich alle bereits zum Mittagessen gesetzt.

»Wir gehen direkt durch und erst nachher auf Ihr Zimmer, Sie wollen ja nicht das Mittagessen verpassen. «

Und ehe Walter antworten konnte, führte ihn der junge Pfleger mitten durch den großen Raum. Starrende Blicke, fragend erhobene Augenbrauen, schlürfende alte Leute, Rollstühle, Rollatoren. Ein Gewoge von Stimmen und Lauten, Klappern, Klirren. Ein Albtraum!

Endlich, ein kleiner Tisch in einer etwas ruhigeren Ecke, drei Frauen und ein Mann saßen bereits daran, zwei Plätze war noch frei.

Wenig später hatte er einen Teller mit Kartoffeln und Gulasch vor sich stehen – keine Suppe, nein danke. Die Frau rechts neben ihm nickte ihm zu.

»Ich bin die Ilona, wir nennen uns beim Vornamen hier am Tisch, ist doch viel netter, finden Sie nicht auch?«

Ehe Walter antworten konnte, plapperte Ilona weiter. »Das sind Heinz, Margit und Christa. Der Ulli«, sie blickte zum leeren Platz, »ist heute früh abgereist. Und wie heißen Sie? «

Walter spießte vorsichtig ein Stück Kartoffel auf die Gabel, versuchte, es zum Mund zu führen, doch die Kartoffel zitterte, schwankte, fiel zurück in die Soße und sprenkelte die Tischdecke und sein Hemd mit braunen Tröpfchen.

Sofort nahm Ilona seine Serviette und tupfte auf der Tischdecke herum.

»Ich sehe schon, Schlaganfall. Keine Sorge, das wird wieder. Die sind echt gut hier. Fragen Sie mal den Freddy von Tisch 17, der kennt das. Ach nein, reden ist ja wohl schlecht. Macht nichts, ich finde schon so raus, wie Sie heißen.« Und sie zwinkerte ihm verschwörerisch zu.

Ein Stück Fleisch landete in seinem Mund, es schmeckte fade, kein Salz, kaum angebraten. Schonkost, dachte Walter. Noch einmal blickte er auf, sah in drei Augenpaare, die ihn anstarrten. Ein viertes schaute verlegen auf den Teller. Christa, erinnerte Walter sich.

Mit einem Schwung stieß er den Stuhl zurück, sprang auf, stürzte so schnell wie ihm möglich war zum Ausgang.

Ewigkeiten schien es zu dauern, bis er endlich in sein Zimmer im dritten Stock gebracht wurde, die Tür hinter ihm zufiel und er allein war. Walter lehnte sich an die Wand, schloss die Augen und atmete tief durch. Ruhe! Keine Stimmen, keine starrenden Blicke.

Als er die Augen wieder öffnete, sah er ein kleines, aufgeräumtes Hotelzimmer. Nichts erinnerte an ein Krankenhaus, nur vielleicht der Griff über dem Bett. Dunkles Holz, fröhliche Farben. Selbst die Bettwäsche war leuchtend blauweiß kariert und lachte ihn an. Sein Koffer lag bereits auf einem Hocker. Ein Wandschrank, gegenüber die Tür zum Bad. Ein Schreibtisch, ein bequemer Sessel. Und das große Fenster. Walter trat näher.

Das Fenster nahm fast die ganze Außenwand ein. Er blickte hinaus. Direkt unter ihm lud eine große Veranda zum Sitzen ein, einige Bewohner schienen sich dort gerade einen Kaffee zu gönnen. Im Anschluss eine Rasenfläche, ein Plattenweg schlängelte sich durch das Grün, führte bis zum Zaun und durch ein kleines Gartentor hindurch in die Dünen, die hier statt eines Deiches zur Strandbefestigung dienten. Walter hob den Blick weiter. Das Meer! Das musste tatsächlich das Meer sein. Endlos war es wie der Sternenhimmel. Grau, nicht blau, wie er gedacht hatte. Grau mit silbernen Rändern, wo sich die Wellen im Sonnenlicht brachen. Der Horizont ein ferner Streifen, nur zu erahnen war es, wo Meer und Himmel sich fanden.

Sich fanden! Walter schüttelte sich. Woher kam dieser Ausdruck denn? Er hatte nie ans Meer gewollt. Und jetzt war er hier, in der Reha, als kranker, hilfloser Mann. Eingepfercht zwischen dem Meer und dieser Kurklinik. Er hasste beides schon jetzt. Dies war ganz bestimmt keine Umgebung für poetische Worte, egal, wie fröhlich die Bettwäsche ihn anlachte.

Die ersten drei Tage vergingen unglaublich schnell. Noch direkt nach seiner Ankunft untersuchte ihn ein Arzt, diesmal immerhin ein gestandener Mitt-Fünfziger. Walter erhielt ein Programm mit Anwendungen und Therapien – Sprachtherapie, Bewegungstherapie, Schwimmen, Gymnastik. Die anderen Patienten mied er. Abends war er müde von den vielen Eindrücken, verbarrikadierte sich in seinem Zimmer, schloss die Vorhänge, um das Meer nicht sehen zu müssen. Er las in seinem Buch oder lag auf dem Bett und starrte an die Decke. Am schlimmsten waren die Mahlzeiten. Sobald er den Lärm hörte, die vielen Menschen sah, verging ihm der Appetit. Dann die mitleidigen Blicke, wenn seine Hand zitterte, die die Gabel hielt. Oder wenn er versuchte, um Salz zu bitten und die Lippen einfach nicht die Worte bildeten, die doch so klar in seinem Kopf waren. Die Sprachtherapeutin ermunterte ihn, so viel wie möglich zu reden.

»Hier brauchen Sie sich nicht zu genieren, jeder hat hier Einschränkungen, mit denen er leben muss.«

Aber er sagte kein Wort. Er setzte sich stumm an den Tisch, senkte den Kopf, zwang sich zu essen und stand wieder auf, ohne auch nur zu grüßen.

Das Meer war allgegenwärtig in der Klinik. Es geisterte durch die Gespräche bei Tisch, die Salzluft füllte seine Lungen, wenn er auf der Veranda an einem kleinen Einzeltisch Kaffee trank, und immer blickte es ihn an, wenn er sich in sein Zimmer zurückzog. Am Abend des dritten Tages ging er zögernd über den kleinen Weg in die Dünen und weiter bis zum Strand. Einige wenige Spaziergänger in der Ferne, ansonsten war es völlig ruhig. Das heißt, still war es eigentlich gar nicht, denn das Meer rauschte, der Sand knirschte in den Wellen, zwei Möwen jagten kreischend und schreiend über dem Wasser. Ja, es war mindestens so laut wie beim Abendessen im Speisesaal, und doch….. Es war eine Ruhe, die anders war als alles, was Walter bisher erlebt hatte. Fast fühlte sich Walter eingehüllt in diese Ruhe, wie früher, als seine Mutter die Bettdecke fest um ihn steckte und er wusste: Mir wird nichts passieren.

Auch am nächsten Abend ging Walter zum Meer und am übernächsten, und am Tag darauf. Wie dankbar war er, laufen zu können. Langsamer als früher, ein Bein zog er etwas nach seit ›der Sache‹, doch immerhin konnte er kurze Spaziergänge machen, anders als Heinz oder Ilona, die sich ohne Rollator nicht bewegen konnten. Das Meer begann ihn zu faszinieren. Es veränderte sich jeden Tag, morgens war es manchmal spiegelblank, um abends wütend gegen den Strand zu schlagen. Und doch blieb es jeden Tag gleich, völlig unbeeindruckt von seiner Stimmung, seinen Bedürfnissen.

Er fühlte eine gewisse Nähe, eine Ähnlichkeit, weil es so unabhängig war und niemanden brauchte. Er sah das Wechselvolle, manchmal kräftig und aufbrausend, alles verschlingend, manchmal ganz zart und sanft, fast schüchtern. Und oft hatte es sich weit zurückgezogen, so dass nur die feuchtschimmernde Weite des Wattenmeeres zurückblieb. Immer mehr Zeit verbrachte Walter am Strand, manchmal setzte er sich in einen der Deck Chairs, die die Klinik dort aufgestellt hatte. Er beobachtete das Meer und die Möwen, stundenlang, ohne sich zu rühren. Danach fühlte er sich ganz seltsam, irgendwie anders, verändert, weniger zornig vielleicht.

III

Er machte seine Therapien, übte Sprechen, Greifen, Schreiben. Die Disziplin vieler Jahre half ihm weiter, fast verbissen übte er in seinem Zimmer, was immer die Therapeuten ihm empfahlen. Nur noch selten brauchte er beide Hände, um die Tasse zum Mund zu führen. Die Menschen allerdings mied er. Egal, wie oft Birthe, die Sprachtherapeutin, ihm sagte, er solle reden, reden, reden – er konnte sich nicht überwinden, abends im Gemeinschaftsraum zu sitzen, sich an Spielen und Diskussionen zu beteiligen.

Christa, seine Tischnachbarin, grüßte ihn jedes Mal, wenn sie ihn sah. Sie sprach ebenfalls wenig, anders als Ilona ignorierte sie seine zitternden Hände, und sie fiel ihm niemals ins Wort, wenn er einen Satz nicht herausbringen konnte.

Eines Tages traf er sie abends am Meer. Sie nickte ihm freundlich zu.

»Sie kommen jeden Abend hierher, nicht wahr? Ich habe Sie ein paar Mal gesehen.«

»Ja, ich bin gern hier.«

Ganz sauber hatte es nicht geklungen, aber sie hatte ihn verstanden und lächelte.

»Ich auch. Wir könnten gemeinsam bis zum Badestrand gehen.«

Sie wies auf das kleine Podest des DLRG, das etwas entfernt aufragte. Dort gab es auch ein Strandcafé, sehr beliebt bei den Klinikgästen; wenn man dort saß, konnte man sich einbilden, man sei einfach zur Erholung hier und nicht wegen einer Krankheit.

Ohne eine Antwort abzuwarten, passte sie ihre Schritte den seinen an, ging an seiner Seite. Als Walter merkte, dass sie tatsächlich neben ihm gehen wollte, blieb er abrupt stehen.

»Jetzt? Nein! Ich bin gern hier, aber allein!«, stieß er hervor. Seine Stimme klang rau und hart, zu hart, wie er selbst wusste, als er sich umdrehte und zurück zur Klinik durch den Sand stapfte.

Wenige Tage später legte sie ihm beim Mittagessen ein kleines Büchlein neben den Teller: ›Das Wattenmeer, ein kleiner Führer für die Nordsee‹.

»Ich habe gemerkt, dass Sie sich sehr für das Watt interessieren, vielleicht möchten Sie ja ein wenig darüber lesen. Ich habe es heute früh im Dorf gefunden.«

Walter nickte, er brachte ein ›Danke‹ hervor, doch zugleich stieg Zorn in ihm auf. Diese Christa. Er wusste nicht, warum sie hier war, vermutlich eine dieser hysterischen Frauen, die unbedingt Erholung brauchen ›für die

Nerven‹. Obwohl sie gar nicht so wirkte. Anzusehen war ihr, anders als den meisten anderen Patienten, jedenfalls nichts. Lächerlich, das alles. Beim Hinausgehen legte er das Büchlein demonstrativ auf den kleinen Tisch mit Lesestoff ›für alle‹, wo jeder seine ausgelesenen Zeitschriften teilen konnte.

Abends sah er, wie Christa das Büchlein vom Tisch nahm, betrachtete und nachdenklich wieder zurücklegte. Fast tat sie ihm leid. Sie hatte es gut gemeint, und immerhin war sie die einzige seiner Tischnachbarn, die ihm niemals das Gefühl gab, krank und hilflos zu sein. Im Gegenteil. Und doch war er es, krank und hilflos und ein Krüppel. Während sie sich bewegte wie ein junges Mädchen und sich eine gute Zeit machte. Hatte er nicht alles Recht der Welt, deswegen wütend zu sein?

Die Tage vergingen, schon brach seine letzte Reha-Woche an. Ilona und Margit waren längst abgereist, stattdessen saßen andere Männer an Walters Tisch, er hatte sich nicht die Mühe gemacht, sich ihre Namen zu merken. Immerhin plapperte jetzt niemand mehr ununterbrochen während der Mahlzeiten, eine Wohltat für Walter.

Am Samstagnachmittag gab es keine Therapien, Walter verbrachte die Stunden am Strand. Das Wetter war bedeckt, genau richtig für einen Spaziergang. Er sah sich um: Einige Gesichter waren ihm vertraut, es waren immer die gleichen, die am Strand saßen – andere fand man bestenfalls auf der Veranda, oder in der kleinen Cafeteria neben der Eingangshalle. Christa war nicht dabei, auch nicht bei den wenigen Strandspaziergängern, die ihm begegneten. Fast ein wenig schade, dachte er und wunderte sich über sich selbst. Sie hatten zwar höchstens mal wenige Worte gewechselt, dennoch fand er es angenehm, wenn sie in der Nähe war, ihre ruhige Art, wie sie mit anderen Patienten redete, ihr Blick, wenn sie das Meer ansah. Jetzt, wo es ihm viel besser ging, wäre er vielleicht sogar mit ihr zum Badestrand gegangen. Aber er sah sie den ganzen Tag nicht. Auch zum Abendessen kam sie nicht. Erst viel später, als die Sonne schon fast unterging und er auf dem Weg zur Bibliothek die Halle durchquerte, sah er sie wieder. Sie stieg aus einem Auto, zwei kleine Mädchen kletterten hinterher, umarmten sie und ließen sich bereitwillig hochnehmen, um ausführlich Abschied zu nehmen. Dann stieg auch die Fahrerin aus, eine junge Frau, vermutlich die Mutter der Mädchen.

Eine Familie hat sie also auch noch, dachte er bitter. Kein Wunder, dass sie heute nicht am Strand war.

IV

Am nächsten Morgen trank er seinen Kaffee auf der Veranda, als sie zu ihm stieß.

»Guten Morgen«, grüßte sie fröhlich, »so ein schöner Morgen.«

Er knurrte irgendetwas, fasste die Tasse fester, musste nachgreifen. Da war der Zorn wieder, plötzlich, frisch, heftig. Und ehe er etwas dagegen tun konnte, zerbrach das Porzellan zwischen seinen Fingern, Kaffee spritzte auf das Tischtuch, weiße Porzellanstücke flogen.

»Oh, vorsichtig, haben Sie sich auch nichts getan?« Ihre Stimme war besorgt, sie trat näher. Da explodierte etwas in ihm.

»Lassen Sie mich in Ruhe. Ich will allein - Sie haben gut reden, Ihnen geht's gut. Sie können alles, keine zitternden Hände, kein Blutklumpen, der Ihr Leben versperrt hat. Lassen Sie mich, lassen Sie mich doch einfach in Ruhe. Sie, Sie.....«, ihm fehlten die Worte, undeutlich wurde seine Sprache. Ruhig sollte er sprechen, nicht aufgeregt sein, hatte Birthe gesagt. Aber wie sollte er das, er, der Krüppel? Und da war sie, sie mit ihren eingebildeten Nerven und den Enkeln und den gesunden Beinen.

»Sie haben ja nur die Nerven, die Nerven, dass ich nicht lache!«

Seine Stimme brach. Christa war stehengeblieben bei seinem Ausbruch, irritiert sah sie ihn an.

»Nerven? Ich verstehe nicht... Was haben Sie denn nur?«

Dann flog ein Erkennen über ihr Gesicht, ihre Augen schossen zornige Blitze, als sie begriff, was er sagen wollte.

»So denken Sie sich das also, dass Sie der einzige sind, der nicht gesund ist? Dass ich nur auf Staatskosten meine ›Nerven‹ kuriere? Ja, sie sind tatsächlich angegriffen, meine Nerven.«

Ihre Stimme wurde lauter.

»Sogar reichlich angegriffen. Ich weiß nur nicht, woran es liegt. Können Sie es mir sagen? Vielleicht war es die Operation? Der tiefe Schnitt mitten in mein Frau-Sein? Oder die Chemotherapie? Oder die tödlichen Strahlen, die sechs Wochen auf meinen Körper geschossen wurden? Oder,« jetzt klang ihre Stimme fast schrill, nie hatte er so etwas gehört, »oder war es vielleicht dieser Anblick, der meine Nerven gereizt hat?« Heftig griff sie in ihre Haare, riss daran.

Walter hob wie zur Abwehr die Hände, hatte Angst vor dem, was kam.

»Nein!«, wollte er ihr zurufen, »nein, bitte tun Sie das nicht!«

Doch seine Stimme gehorchte ihm nicht, kam zu spät. Schon war es geschehen, da stand sie, ihre weichen braunen Locken hingen in ihrer Hand wie ein Stück Kaninchenfell. Über den zornblitzenden Augen glänzte ein kahler Schädel, nur bedeckt von ein wenig grauem Flaum.

Walter schluckte. Stumm standen sie voreinander, Augenblicke nur, die sich zu Ewigkeiten dehnten. Dann drehte sie sich um und verschwand im Haus.

»Es tut mir so leid«, stammelte er. Der Wind nahm die Stimme mit sich, ehe sie Christa erreichen konnte.

V

In der Nacht schlief er schlecht. Immer wieder formte sein Gehirn Worte, um sich zu entschuldigen. Wenn er die Augen schloss, sah er ihren kahlen Schädel, die feine Linie ihres Kopfes mit dem grauen Haarflaum, so zart, so zerbrechlich.

Schon früh morgens war er am Strand. Er ertrug die Enge des Zimmers nicht, er musste laufen, zum Meer. Die Sonne war gerade erst aufgegangen und warf erste, tastende Strahlen auf den Strand. Die Deck Chairs waren verlassen, ein unschuldiger junger Morgen, der nichts wusste von dem, was gestern geschehen war.

Da sah er sie. Zwei Stühle direkt nebeneinander, in einem saß sie, eingehüllt in eine Decke. Er kam näher, zögernd, fragend. Als sie nickte, setzte er sich neben sie. Er suchte nach Worten, doch was hätte er sagen sollen, sagen können? Das Schweigen dehnte sich, erst hart und frostig, doch dann wurde es weich und friedlich, hüllte beide ein. Aus Sekunden wurden Minuten, aus Minuten Viertelstunden. Das Meer hob und senkte sich. Die Wellen rollten näher, bedeckten die kleine Sandbank, leckten schon am Tangstreifen der letzten Flut.

Sie schwiegen noch immer, atmeten gemeinsam mit dem Meer, schauten gemeinsam auf die heranlaufende Flut.

»Es ist so bewegt und so beständig, so schön, nicht wahr?«, fragte Christa schließlich. »Und manchmal so grausam. Fast wie das Leben.«

Ihre Hand griff vorsichtig hinüber zu Walters Liegestuhl, fast zufällig legten sich Finger auf Finger.

Walter erstarrte, als er die Wärme ihrer Haut spürte, doch er zog seine Hand nicht zurück. In seinen Augen brannte das Meer!

*****

30 Sekunden bis zur Ewigkeit

Steffi Müller

Sie hatte sieben Stunden Bahnfahrt und drei Tassen Kaffee hinter sich, als sie in Dagebüll aus dem Zug stieg. Einen Atemzug lang blieb sie stehen und absorbierte tief die herrlich klare Luft, bevor sie zum Fähranleger ging. Drei Wochen Inselurlaub. Seit langem freute sie sich darauf. Endlose Strandspaziergänge, Sonne auf der Haut, gedankenloses Nichtstun. Wenn ihr Job sie wieder einmal auffraß, hatte sie stets für einen Moment die Augen geschlossen. Dann stellte sie sich vor, wie sie morgens um die Niblumer Kapitänshäuser schlenderte und danach bei einem unverschämt großen Eisbecher die Zeit vertrödelte.

Sie beeilte sich, um noch einen Platz auf dem Sonnendeck zu erwischen. Die Stahltreppe hoch auf das Deck könnte mal wieder Farbe vertragen. Oben angekommen, schlug ihr ein kräftiger Wind ins Gesicht und zerzauste ihre blonde Mähne. Silke schob ihr Haar in die Jacke und schlug den Kragen hoch. Der Seewind war unverfroren genug, binnen Sekunden in jede Kleideröffnung einzudringen. Sie stand am Geländer, als das Schiff ablegte. Ein letzter Blick, ein letzter Gruß dem Festland. Ihr Herz tat einen Sprung. Es trennten sie nur noch 45 Minuten von der Insel. Der Anblick des immer kleiner werdenden Festlandes, dem sie gerade entflohen war, versetzte sie in ein Hochgefühl. Der Himmel azurblau. Am Horizont kleine Wolken, schwerelos wie Federn. Der Geschmack von Salz auf ihren Lippen. Köstlich.

Gedränge herrschte, als sich der Rumpf der Fähre wieder öffnete und sie ihre lebende Fracht ausspuckte. Kinderlachen. Das dumpfe Rumpeln von Gepäck über die Stahlplattform. Ermahnungen aufgeregter Eltern purzelten ihren Schützlingen entgegen. Ein Hund bellte. Silke nahm das alles nur am Rande wahr. Sie lief mit der Menge, und nach etlichen Schubsern hatte sie wieder festen Boden unter den Füßen, blaue Flecken inbegriffen.

Taxi, oder doch zu Fuß? Silke entschied sich für Letzteres. Ihr Koffer hüpfte über das Kopfsteinpflaster, während sie durch das Sieltor ging. Dahinter stand sie schon mitten in Wyk. Ein verlockender Duft aus Francos Pizzeria stieg ihr in die Nase. Sie verspürte Hunger, aber zuerst würde sie einchecken.

Das Haus war ein gutes Mittelklassehotel, und das Zimmer gab den Blick auf das Meer frei. Die Einrichtung war spartanisch, aber sauber. Es barg alles, was Frau so brauchte. Ihr Blick fiel auf das Telefon auf dem Nachttisch.

Darauf kann ich gut verzichten.

Das Gepäck konnte warten. Silke suchte nur schnell was Neues zum Anziehen heraus, machte sich ein wenig frisch, und dann los zum Strand. Auf der Promenade bot ein Budenbesitzer Fischbrötchen an. Das würde fürs Erste genügen. Und dann, endlich, war nur noch warmer, weicher Sand unter ihren Füßen. Sie ließ ihre Badeschuhe einfach irgendwo stehen und lief los. Da war es, dieses Glücksgefühl, nach dem Silke sich so gesehnt hatte. Ihre Zehen spielten mit dem seichten Wasser, das noch eine angenehme Temperatur hatte. Es war Spätsommer und die Feriengäste auf der Insel wurden weniger. Dagegen hatte sie keine Einwände. Sie wollte die Insel für sich entdecken. Ein Rad leihen und durch die Felder radeln. Oder vielleicht nach Goting zum Kliff wandern. Zu ihrer Linken stand ein weiß gestrichenes Holzhaus, auf dem in großen Lettern ›Strandkorbverleih‹ stand.

Warum nicht, gönn dir mal was.

Der Vermieter, ein drahtiger, braungebrannter Mann, lachte ihr entgegen.

»Hallo, schöne Frau. Kann ich helfen?«

»Ja, ich möchte für drei Wochen einen Korb mieten.«

»Aber sicher doch.« Er musterte sie von oben bis unten.

»Ich gebe auch Surfstunden, falls Sie Interesse haben.«

»Nein, danke.« Silke nahm den Schlüssel, bezahlte, und beeilte sich wegzukommen. Die süffisante Stimmlage dieses Schokoladenmannes war so unangenehm wie aufdringlich. Eines wusste sie sicher: das Letzte, was sie wollte, war ein Urlaubsflirt.

Nach kurzem Suchen hatte sie den richtigen Korb gefunden und probierte ihn gleich aus. Den Typen vom Verleih hatte sie schnell vergessen. Es war inzwischen später Nachmittag, und nur wenige Menschen waren noch am Strand. Silke hörte das fröhliche Lachen einer Gruppe älterer Damen.

Ob sie sich wohl ihre Jugendsünden erzählen? Wohl wissend, wie naiv sie damals waren?

Eine andere Stimme im Kopf raunte:

Du meinst, wie du selbst?

Zu ihrer Linken baute ein Vater mit seinem Sohn eine Sandburg. Die Sonne stand inzwischen schon recht tief. Sie verwandelte das Watt in eine glänzende, silbriggraue Masse, die nirgendwo zu enden schien. Die letzten Sonnenstrahlen wärmten Silkes Wangen, während sie die Augen geschlossen hielt und dem Geschrei der Möwen in der Ferne lauschte. Die würden erst mit der Flut wieder näher zum Strand kommen, wenn das Meer im Spülsaum jede Menge Fressbares barg.

Ich bleibe einfach drei Wochen hier sitzen.

Dagegen protestierte ihr Magen. Noch weit draußen nahm die letzte Fähre von Amrum für diesen Tag Kurs auf Föhr. Am Horizont bildeten die Halligen den Reißverschluss zwischen Himmel und Meer.

Doch es nützte nichts, Silkes Magen war schon richtig sauer. Also riss sie sich los und schlenderte stadteinwärts. Die ersten Lichter brannten schon. Sie entschied sich für Franco. Ein kleiner Tisch am Fenster würde für eine Weile ihr gehören. Rotwein und Pasta. Danach ein Tiramisu. Aus dem Lautsprecher klagende Klänge, die sie nicht verstand. Oder doch verstand. Ein gebrochenes Herz klingt überall gleich.

Nach dem Essen ging Silke noch kurz entschlossen in eine Strandbar, die sie zufällig entdeckte. Einen Cocktail als Absacker. Die Bar war gut besucht, der Lärmpegel entsprechend. Egal, irgendwo fand sich sicher noch ein Plätzchen. Sie hatte Glück. Die Bedienung kam sofort.

»Einen Pina Colada, bitte.«

»Kommt sofort, Madame.«

»Der geht auf mich.« Der braungebrannte Strandkorbvermieter zog einen Stuhl an den kleinen Tisch und setzte sich ohne Aufforderung zu ihr.

Oh Gott, warum habe ich ihn nicht eher bemerkt?

»Na, einen schönen Tag gehabt?«

»Danke, ja, bis gerade eben.«

»So kratzbürstig? Das passt gar nicht zu Ihnen.«

»Woher wollen Sie wissen, was zu mir passt?«

»Wenn eine Frau so charmant aussieht wie Sie, sollte sie nicht so abweisend sein. Ich wollte mich nur unterhalten. Ich beiße nicht.«

»Schon möglich, aber herausfinden will ich das nicht. Und überhaupt wäre ich Ihnen dankbar, wenn Sie mich jetzt allein ließen.«

»Okay, den Drink zahle ich trotzdem.«

»Warum?«

»Dann habe ich was gut bei Ihnen.«

Bevor Silke widersprechen konnte, war er im Gedränge verschwunden. Sie schickte diesem unmöglichen

Schönling einen bösen Blick hinterher und beeilte sich, ihr Glas zu leeren.

Was für eine primitive Anmache.

Sie nahm sich vor, diese Bar in Zukunft zu meiden.

Am nächsten Morgen

Silke hatte prima geschlafen. Die Morgensonne drang mit warmen Strahlen durch das Fensterglas und sorgte für gute Laune. Ein liebevoll angerichtetes Frühstücksbuffet lud sie ein, etwas länger zu verweilen. Sie ließ ihren Blick durch den voll besetzten Speiseraum wandern. Dabei entdeckte sie neben den Köstlichkeiten einen kleinen Beistelltisch, voll mit Werbeprospekten, der hiesigen Tageszeitung und dem Inselkurier. Diesen lieh sie sich aus, füllte ihre Kaffeetasse ein drittes Mal und blätterte in der Zeitschrift.

Gott, ist das toll, endlich einmal Zeit zu haben.

Sie entdeckte allerlei interessante Artikel über die Insel, die Menschen, die hier lebten und natürlich jede Menge Tipps für Urlauber. Damit ihnen bloß nicht langweilig wurde. Sie streifte dabei auch mit flüchtigem Blick die Werbeanzeigen, ohne die die ganze Welt offenbar nicht existieren konnte. An einer Anzeige blieben ihre Augen hängen. Ein Künstler warb für seine Muschelskulpturen. Es war sein Name, der sie fesselte. Robert Lehmann.

Seltsam, ob das vielleicht... sei nicht albern, Silke! Was sollte er auf einer Insel wollen!

Silke schlug abrupt die Zeitschrift zu und erhob sich. Sie grüßte im Vorübergehen das Küchenpersonal, das emsig bemüht war, die bereits verlassenen Tische abzuräumen, und verließ mit schnellem Schritt den Raum. In ihrem Zimmer angekommen, hielt sie sich nicht lange mit unnötigen Vorbereitungen auf. Sie schlüpfte in bequeme Schuhe, sah noch einmal in den Spiegel und zog los. Ein Radverleih war schnell gefunden, den Inselplan gab es gratis dazu. Sie entschied sich für eine Tour nach Süderende zur St. Laurentii Kirche. Von den redenden Steinen (Grabsteine, die die Lebensgeschichte des Verstorbenen erzählen) hatte sie schon gehört. Ein Nachbar, der die Insel gut kannte, hatte ihr bei jeder Begegnung das Versprechen abgenommen, nicht zurück zu kehren, bevor sie die vielen Toten dort besucht und ihre Geschichten gelesen hatte. Also schwang sich die junge Frau auf ihr Leihrad und trat in die Pedale. Das Wetter war prächtig. Im Inneren der Insel traf sie kaum noch auf Menschen. Dieses grüne Eiland schien wie leergefegt. Zwischen saftigen Wiesen und gerodeten Rapsfeldern stand eine einsame Windmühle, die ihre Aufmerksamkeit erregte. Und dann geschah es. Sie übersah den einzigen Stein, der auf dem geteerten Radweg lag. Der Salto sorgte dafür, dass sie die Welt für 30 Sekunden seitenverkehrt wahrnahm. Autsch! Sie bremste den unfreiwilligen Flug in den kleinen Graben neben dem Weg mit ihren Knien aus. Nachdem das leichte Schwindelgefühl vorüber war, begutachtete sie ihre Beine. Ihr linkes Knie blutete stark, und sie hatte leichte Kopfschmerzen. Das Rad lag neben ihr im Graben. Silke versuchte aufzustehen. Das war keine gute Idee. Trotzdem musste sie lachen.

Einmal mache ich einen längeren Urlaub und was passiert? Meine Schusseligkeit treibt mich noch mal in den Wahnsinn. Nun sitze ich mitten in der Pampa und kann noch nicht mal aufstehen.

An Verbandszeug hatte sie natürlich nicht gedacht. Ihr Handy fiel ihr ein. Aber wen sollte sie hier anrufen? Da tauchte in der Ferne ein Auto auf, das gemütlich über die Landstraße fuhr.

Das könnte meine Rettung sein.

Der Autofahrer sah ihr Winken und hielt tatsächlich an. Ein Mann stieg aus. Mittleres Alter, hoch gewachsen, dunkles, lockiges Haar. Robert. Seine Mimik verriet, dass auch er sie erkannt hatte. Für eine Sekunde schien er unsicher, was er nun tun sollte. Aber Robert fasste sich schnell.

»Silke? Das glaube ich nicht. Nach so vielen Jahren! Was machst du hier ganz allein?«

Silke antwortete mit einer Gegenfrage.

»Und was machst du hier? Solltest du nicht in Hamburg sein? Bei Rebecca?«

Die Antwort blieb er schuldig.

»Jetzt kümmern wir uns erst mal um dein Knie.«

Seine geschickten Hände ließen die Wunde unter einem dicken Verband verschwinden. Er half ihr, zum Auto zu gelangen und ließ sie einsteigen. Robert verstaute das Rad im Kofferraum und setzte sich ans Steuer.

»Wo darf ich dich hinbringen?«

128

»Zum Kurhaushotel, nach Wyk.«

Er nickte.

Silke entging nicht, dass Robert sie aus dem Augenwinkel heraus beobachtete. Und sie selbst tat es immer dann, wenn er auf die Straße achten musste. Er hatte noch immer diese weichen Züge im Gesicht, die sie früher so an ihm gemocht hatte. An den Augen zeigten sich kleine Fältchen, und das Haar an seinen Schläfen schimmerte grau. Er erschien ihr noch attraktiver als damals.

Kurz bevor sie die Stadt erreichten, hielten sie es beide nicht mehr aus.

»Also, nun erzähl doch mal...«, kam es wie aus einem Mund. Sie lachten gemeinsam.

»Okay, dann du zuerst«, sagte Silke.

»Ich habe eine bessere Idee. Falls du für morgen Abend noch nichts geplant hast, dann würde ich dich gern zum Essen einladen. Sagen wir 19 Uhr? Was hältst du davon?«

»Ja ... warum nicht.«

Was hatte sie da gerade gesagt? Worauf ließ sie sich da ein? Offenbar war sie noch nicht wieder richtig klar im Kopf. Silke wurde von Erstaunen über ihr eigenes Ich überwältigt. Eine Verabredung? Mit ihm? Er war doch verantwortlich. Für ihre Flucht. Für all den Schmerz, die Menge an Tränen, die dem Ozean Konkurrenz gemacht hätte. Wie verloren sie gewesen war. Damals. Und so abgrundtief verletzt. Nichts hatte geholfen. Und niemand hatte sie heilen können. Sie hatte es gar nicht zugelassen. Sie wollte diesen Schmerz, dieses 'Nichtvergessenkönnen'!

Bloß nicht vergessen! Niemals! Ihn, mich, uns. Alles.

Im Augenblick stand ihre Welt Kopf. Sie wollte jetzt nur eines: Raus aus dem Auto und allein sein.

In der Nacht

Der kleine Reisewecker zeigte zwei Uhr. Silke öffnete leise die Balkontür. Die klare Nacht bot einen Anblick, der atemberaubend war. Millionen Sterne blitzten auf sie herunter. Klar und rein. Sie konnte das Meer hören. Es wiegte sich in einem betörenden Singsang und schickte ihr einen salzigen Gruß durch die kühle Nachtluft. Ein leichtes Frösteln ließ sie ihren Körper umfassen. Sie hielt sich, während ihr Geist gefangen war zwischen damals und heute. Damals, es schien eine Ewigkeit her. Rebecca fiel ihr wieder ein.

Sie war eine tolle Freundin gewesen. Wenn es in der Schule mal wieder nicht rund lief, half sie ihr. Ja, sie ließ Silke abschreiben und riskierte einen Tadel. Sie wurden für die Mitschüler schnell zu den ›Unzertrennlichen‹. So nannte man sie selbst als Teenager noch. Mit zehn Jahren hatten sie geschworen, sich nie zu trennen. Ihre Freundschaft endete abrupt am Tag der Abifeier.

Silke war mit Robert schon drei Jahre zusammen. Rebecca hielt es bei keinem Jungen lange aus. Und Robert war an diesem Tag bestimmt zum ersten Mal in seinem Leben sturzbetrunken. Das nutzte Rebecca schamlos aus. Sie bezirzte ihn solange, bis er mit ihr die Nacht verbrachte. Silke ging allein nach Hause. Drei

Monate später wusste Rebecca, dass sie schwanger war. Und Robert war viel zu loyal, um sie nicht zu heiraten. Silke war derart am Ende, dass sie die Flucht ergriff. Sie hatten sich nicht wiedergesehen.

Zur selben Stunde

Robert saß auf seinem Bett und las. Er hatte alle Liebesbriefe, die Silke ihm geschrieben hatte, in einer kleinen Kiste aufbewahrt. Jede Zeile, jedes einzelne Wort rief in ihm tausend Erinnerungen wach. Ach wäre er doch damals nicht so betrunken gewesen! Er wollte ihr so gern sagen, dass er sie nie vergessen konnte.

Am nächsten Morgen

Der Morgen verdrängte sanft die Nacht und färbte den Himmel rosa. Robert liebte dieses goldene Licht, das den Strand leuchten ließ, zu einer Stunde, da höchstens mal ein Jogger die Kormorane aufschreckte. Die Vögel fischten zu dieser Zeit und trockneten anschließend mit weit gespannten Flügeln ihr Gefieder in der Morgensonne. Die durchwachte Nacht hatte Spuren in seinem Gesicht hinterlassen. Der Mann im Spiegel hatte dunkle Schatten unter den Augen.

Na, das wird ein Tag.

Er beeilte sich bei der Morgentoilette und frühstückte im Stehen. Dann war er auch schon zur Tür hinaus, die Autoschlüssel in der Hand. Robert wünschte sich, der Tag möge schnell vergehen. So viel hatte er Silke zu sagen, so viel.

Pünktlich stand er abends im Foyer des Hotels. Er hatte sich für Bluejeans und ein Poloshirt entschieden. Silke trug ein leichtes Sommerkleid, als sie aus dem Fahrstuhl stieg.

»Da bin ich.« Es fiel ihr schwer, ihre Unsicherheit zu verbergen. Robert gab ihr einen Kuss auf die Wange und antwortete:

»Du siehst toll aus.«

»Dankeschön.« Sie spürte, wie ihr eine leichte Röte die Wangen hinauf kroch. Robert hatte einen Tisch bei ›Jörgs Fischrestaurant‹ bestellt. Sie hatten keine Eile und liefen eine Zeit schweigend nebeneinander her. Dann fasste Silke sich ein Herz.

»Wieso bist hier? Und wo ist Rebecca?«

»Ich lebe hier. Seit ein paar Jahren. Ich habe Rebecca verlassen.«

Silke antwortete mit einem Nicken und schluckte den Kloß im Hals hinunter. Im Grunde hatte sie diese Bestätigung gar nicht gebraucht. Sie schwiegen eine Weile. Dann bat Silke:

»Erzähl es mir.«

»Da gibt es nicht viel zu erzählen. Als Rebecca unseren Sohn zur Welt gebracht hatte, erklärte sie recht bald, dass sie sich nun wieder ihrer Ausbildung widmen würde. Eigentlich nicht falsch, nur wurde ich über Nacht zum Hausmann degradiert. Somit musste ich mich um die Erziehung unseres Sohnes kümmern. Mir blieb nur die Abendschule. Später ließ sie keine Gelegenheit aus, mich daran zu erinnern, dass sie es war, die das meiste

Geld nach Hause brachte. Ihre ganzen Affären ertrug ich irgendwie. Dann kam ich eines Tages früher als geplant von einem Wochenendseminar zurück. Da begegnete ich in unserem Badezimmer meinen Chef, der meinen Bademantel trug und obendrein noch mein Aftershave benutzt hatte. Ich habe meinen Koffer gar nicht ausgepackt. Ich bin zu einem Freund gezogen. Von meinem ersparten Geld habe ich dann hier Urlaub gemacht. Ich wollte zur Ruhe kommen, und ich brauchte Zeit, um mir zu überlegen, wie es weitergehen sollte. Eines Morgens las ich den Inselkurier und fand eine Anzeige. In Oldsum bei ›Stellis Hüs‹ wurde ein Koch gesucht. Zu verlieren hatte ich nichts, also fuhr ich hin.«

Er hatte ganz leise gesprochen. Seine Traurigkeit rührte Silke.

»Du als Koch?«

»Ich habe während der Babypause Männerkochkurse besucht. Irgendetwas musste ich ja machen. Den Jungen habe ich mitgenommen. Ich habe schnell gemerkt, wieviel Spaß mir das machte. Als Sören zur Schule kam, habe ich meinen ersten Job als Koch angenommen.«

»Und die Skulpturen? Ich habe die Anzeige gelesen.«

»Uwe, ein Freund und für mich ein großer Künstler, hat mich damals aufgefangen. Ich kam zu ihm auf die Insel, so oft ich konnte. Er ließ mich in seinem Atelier alles Mögliche ausprobieren. Die Muscheln waren es dann. Ich habe mit kleinen Sachen angefangen und schnell gemerkt, dass sich solche Dinge tatsächlich gut verkaufen. Die Touristen wollen heute kaum noch Tee und solche Sachen für ihre Lieben daheim. Sie mögen eher inseltypische Dinge aus Naturmaterialien. Also habe ich weiter gemacht und bin dann ganz hierher gezogen. Aber das Kochen ist meine Leidenschaft geblieben. Den Job im Oldsumer Restaurant für den Mittagstisch habe ich noch immer. Für ein paar Stunden in der Woche. Uwe hat mir geholfen, eine kleine Wohnung auf der Insel zu finden. Als ich dich gestern traf, war ich auf dem Weg dorthin. Es war mein freier Tag.«

»Und was ist aus deinem Sohn geworden?«

»Er hat ein eigenes Zimmer bei mir. Er besucht mich jeden Sommer.«

Sie hatten das Lokal erreicht. Ein kleiner Tisch in der Ecke gab ihnen ein wenig Abgeschiedenheit.

»Jetzt bist du dran.«

»Da gibt es noch weniger zu erzählen. Ich habe meine Ausbildung gemacht und bin dann durch eine Freundin in eine Boutique gewechselt, die mir heute gehört.«

»Ein Mann?« Silke schüttelte den Kopf.

»Hat nicht sollen sein. Sicher, Tobias war ein lieber Kerl. Aber wir haben schnell gemerkt, dass unsere Interessen nicht passen. Während er die meisten Wochenenden mit seinem Motorradclub verbrachte, saß ich allein zu Hause und hab all meine Träume mit Pinsel und Farbe auf dutzende Leinwände gezaubert. Naja, und irgendwann haben wir es dann auch ausgesprochen. Als er auszog, waren wir beide traurig.«

Der Kellner öffnete die Flasche Wein und ließ Robert probieren. Dann füllte er die Gläser und zog sich diskret zurück. Sie aßen schweigend und tauschten hin und wieder einen Blick. Doch dann griff Robert sanft nach Silkes Hand.

»Silke, … ich …«

»Nein, lass es gut sein, Robert. Wir können sowieso nichts ungeschehen machen. Ich habe auch viel darüber nachgedacht, in all den Jahren. Wir waren damals sehr jung. Vielleicht musste ja alles so kommen. Und dass wir uns jetzt hier wieder sehen … ist … naja … ich finde es schön.«

Mit allem hatte Robert gerechnet, nur nicht damit. Sie hatte mit solch sanfter Stimme gesprochen, dass er wusste, sie hatte ihm verziehen. Es fühlte sich so wunderbar an. Robert hob Silkes Hand an seine Lippen. Er strahlte mit dem Schein der Kerzen um die Wette. Zum ersten Mal an diesem Abend lächelte Silke ohne diesen verkrampften Ausdruck im Gesicht. Sie schlug ihm vor, noch einen Spaziergang zu machen. Robert zahlte, und sie verließen eng umschlungen das Restaurant. Aus dem Kurhaus klang Musik. Vivaldi. Zarte Klänge für einsame Herzen.

Sie hatten den Strand erreicht. Das Rauschen des Meeres, das nie wirklich stillstand. Endlose Bewegung im Takt der Zeit. Sie waren nicht allein. Hier und da tauchten Paare aus der Dunkelheit auf, die versuchten, dem Tag noch ein wenig Zeit abzuringen. Arm in Arm verschmolzen ihre Körper mit der Finsternis. Von irgendwo her drang ein Gewirr aus Lachen und Stimmen. Auch für Silke und Robert war der Abend viel zu schnell verflogen. Schweigend gaben sie sich ihren Gefühlen hin. Betörend schön und doch chaotisch. So herrlich war diese Nacht, doch was würde die Zukunft bringen? Der morgige Tag? Irgendwo in der Ferne loderte ein Feuer am Strand. Der Wind trug Musik von dort zu ihnen herüber. Silke spürte Roberts starken Arm auf ihrer Schulter. Sie fröstelte unter seiner Berührung, und dennoch war es angenehm. Er benutzte noch dasselbe Aftershave wie damals. Sie sog den Duft seiner feuchten Haut ein. Hin und wieder fing sie seinen Blick auf und versank in seinen dunklen Augen.

Und doch konnte sie diese drängende Frage nicht wegschieben. Diese Frage hämmerte unaufhörlich in ihrem Kopf: Wie hatte er sie damals so verletzen können? Warum nur, warum?

Vor dem Hotel angekommen, lehnte Silke sich an die Wand neben der Eingangstür und sah ihm ins Gesicht. Seine Züge wirkten entspannt. In diesem Moment wusste sie, dass sie ihn noch immer liebte. Ein langer, sehnsuchtsvoller Kuss. So geht Leidenschaft. Sie fühlte sich wie damals. Sie war wieder 19 Jahre alt. Schmetterlinge im Bauch, Zukunftsträume, Glücksgefühle, die kaum zu beschreiben waren. Sie würden ihr Leben gemeinsam verbringen, zusammen eine Zukunft haben, in guten und in schlechten Zeiten. Niemals wäre sie auf die Idee gekommen, dass eine Nacht alles verändern könnte.

Für einen Augenblick stand die Zeit still. Die Geräusche um sie herum verstummten. Es gab nur sie und ihn. Sie wusste, sie würde Robert morgen wiedersehen.

Müde trat sie in ihr Zimmer. Silke legte ihr Kleid ab, wischte das Make Up aus dem Gesicht und ließ sich auf ihr Bett fallen. Hinter geschlossenen Lidern sah sie die

Bilder der letzten Stunden. Und immer wieder Roberts Gesicht. Seine wunderschönen braunen Augen und die Traurigkeit darin. Silke wusste längst, dass tief in ihr noch etwas wohnte, dass sie in all den Jahren nicht zugelassen hatte. Und jetzt drängte es an die Oberfläche mit solch einer Macht, darüber konnte sie selbst nur staunen. Als sie endlich in einen tiefen Schlaf fiel, zog sich um ihren Mund noch immer ein Lächeln.

Sie trafen sich nun jeden Abend. Silke verbrachte ihre Tage damit, die Insel zu erleben. Sie wanderte zum Kliff und gönnte ihren müden Füßen danach in Goting eine wohlverdiente Pause. Manchmal faulenzte sie einfach im Strandkorb oder las ein Buch, auf das sie sich nur schwer konzentrieren konnte. Immer wieder wanderten ihre Gedanken dorthin, wo sie jetzt am liebsten wäre: zu dem Mann, der sie mit blutigem Knie im Straßengraben gefunden hatte. Sie bummelte durch die vielen kleinen Geschäfte in Wyk und fand ein paar hübsche Souvenirs für daheim. Im Watt sammelte sie unendlich viele Muscheln. Der Spülsaum barg so manchen Meeresschatz der gefunden werden wollte. Ihr Knie heilte gut. Also schloss sie sich einer Wattführung an und machte einen Ausflug nach Amrum. Als sie abends mit der Fähre auf Föhr wieder ankam, stand Robert mit einer roten Rose am Anleger und lachte ihr entgegen. Einmal setzte Silke sich in den Inselbus, und ihre Rundfahrt endete da, wo sie begonnen hatte. Nur auf ein Fahrrad stieg sie nicht mehr. Ihr schien das Leben plötzlich so einfach.

Sie tat am Tage das, wonach ihr der Sinn stand und schaute dabei unentwegt auf die Uhr. Silke zählte die

Stunden bis Robert dann endlich wieder im Foyer des Hotels auf sie wartete. Es waren drei wundervolle Wochen. Ihr Urlaub verlief, das musste Silke zugeben, ganz anders als erwartet. Sie fühlte sich leicht und unbeschwert. Alles war so wunderbar. Manchmal tanzte sie mit den Schuhen in der Hand über die Promenade und es störte sie nicht, wenn andere Leute darüber die Stirn runzelten. Sie hatten ja keine Ahnung, welchen Schatz Silke auf dieser Insel wiedergefunden hatte. Einen verloren geglaubten Schatz. Nun endlich würde er ihr gehören.

Robert zeigte ihr die Schönheit der Insel auf seine Weise. Er fuhr mit ihr nach Utersum, in die Nähe der Vogelschutzgebiete. Sie erlebten dort einen einzigartigen Sonnenuntergang. Zwischen den Feldern, wo kaum noch ein Mensch unterwegs war. Dort verstellte kein Baum mehr den Blick. Silke hielt den Atem an, als ein riesiger Vogelschwarm vor der glutroten Sonne in den Himmel aufstieg.

Und dort war es auch, als Robert ihr eine Frage stellte. Silkes Urlaub war fast zu Ende und während sie diesen Gedanken noch weit wegschob, gab Robert seinem innigsten Wunsch nun auch eine Stimme.

» Könntest du dir vorstellen, hier mit mir zu leben?«

Sie schaute ihn mit großen Augen an. Das kam so plötzlich, damit hatte sie nicht gerechnet. Robert sprach weiter.

»Ich bin kein reicher Mann. Ich habe keinen Luxusschlitten in einer Doppelgarage und ich wohne nicht in einem teuren Strandhaus. Das kann ich dir nicht bieten.« Er sah ihr dabei tief in die Augen.

»Ich habe viel mehr. Ich habe das hier.«

Er stand auf und breitete die Arme aus, drehte sich dabei einmal um die eigene Achse.

»Das würde ich gern mit dir teilen, Silke.«

Silke fühlte sich irgendwie überrumpelt. Sie fand nicht so recht die passenden Worte. Darüber hatte sie noch nicht nachgedacht. Wenn sie ehrlich war, hatte sie über die Zukunft überhaupt nicht nachgedacht. Für sie zählte nur der Augenblick. Sie lebte in einem Traum. Sie wollte nicht geweckt werden. Darum bat sie Robert um etwas Zeit. Die wollte er ihr lassen. Robert drängte sie nicht. Sie saßen noch lange an diesem Abend in den Dünen und lauschten den Geräuschen der Nacht. Sie sahen die gleichen Sterne und es war der gleiche Sand der sich zwischen ihren Körpern rieb, als sie sich im Schutz der Dunkelheit liebten.

Silke lag noch immer wach. Sie dachte über Roberts Frage nach. Wie sollte das gehen? Sie hatte sich in Münster eine Existenz aufgebaut. Sie liebte ihre Arbeit. Die Boutique würde sie nicht missen wollen. Manche ihrer meist weiblichen Kunden zählten heute zu ihrem Freundeskreis. Sie bekam oft Einladungen und traf sich mit Freunden zum Essen oder sie gingen gemeinsam ins Theater. Und ihre Wohnung war durchaus luxuriös. Wollte sie das alles aufgeben? Was, wenn sie scheiterten? Silke hatte große Zweifel. Andererseits wusste sie jetzt, dass sie nie aufgehört hatte, Robert zu lieben. Schon lange hatte sie sich nicht mehr so wohl gefühlt.

Was also tun? Sicher, sie konnte Amber die Leitung der Boutique übertragen. Amber war ihre engste Vertraute, privat und geschäftlich. Sie vertrat Silke ja ohnehin immer, wenn die Chefin unterwegs war. Aber da war diese Stimme, die sie warnte. Sie spürte es deutlich: Sie hatte Angst.

Die letzten Tage vergingen wie im Flug. Mit jedem anbrechenden Abend wurde Silke nervöser. Sie war hin- und hergerissen und wusste nicht so recht, wie sie es Robert sagen sollte. Ein Hauch von Wehmut machte sich breit. Die Vorstellung mit dem Mann hier zu leben, den sie nun schon so lange liebte, war verlockend. Und trotzdem. Im Grunde wusste sie, dass ihre Angst sie längst besiegt hatte. Sie sagte es ihm am letzten Abend. Robert zeigte sich als wahrer Gentlemen. Er bot ihr seinen Arm und ging mit ihr zum Essen, als hätte es dieses Gespräch nicht gegeben. Silke schämte sich. Für ihre Feigheit, für ihre Zweifel, für ihre Angst. Dafür, dass sie es nicht schaffte, diese 18 Jahre einfach zu streichen. Und dafür, dass sie seine Hoffnung zerstört hatte.

Robert hatte sich frei genommen, um Silke bis nach Dagebüll zu begleiten. Er wollte ihr zeigen, dass er sie gut verstand. Was hatte er sich da auch eingebildet? Es war doch nur logisch, dass sie sich nach all der Zeit ein eigenes Nest gebaut hatte. Wie konnte er glauben, dass sie immer noch auf ihn wartete? Das war seine Blauäugigkeit, die ihm auch bei Rebecca zum Verhängnis geworden war. Aber etwas gab es, das wollte er Silke zum Abschied noch sagen. Sie bestiegen die Fähre und bekamen auf dem Sonnendeck wieder einen Sitzplatz. Es nieselte leicht und der Wind war recht kühl. Dann rissen die Wolken auf und der Himmel schickte ihnen zum Abschied einen Regenbogen. Robert nahm Silke in den Arm. Sie sprachen nicht. Die richtigen Worte hätten sie ohnehin nicht gefunden. Silke war so unendlich traurig, so zerrissen. Sie liebte ihn, das wusste sie. Aber Angst ist ein furchtbarer Feind.

Die Fähre gab einen dumpfen Pfiff von sich und setzte sich in Bewegung. Schwerfällig zunächst. Dann wurde sie schneller. Abschied von der Insel. Abschied von Robert. Silke würde gleich die Bahn besteigen und jeder Meter, den sie fuhr, brachte sie weiter weg von ihrer Liebe. Ihr ganzer Körper war in Aufruhr. Es tat so unendlich weh. Silke versuchte sich abzulenken, indem sie alles noch mal durchging, was sie eingepackt hatte. Und sie versuchte, darüber nachzudenken, was sie in den nächsten Tagen alles tun müsste. Schließlich war sie drei Wochen weg gewesen. Aber immer, wenn Robert sie wieder ansah, hatte sie alles vergessen. Es war zwecklos.

Das Schiff legte am Kai an. Silke hatte es nicht eilig. Dann würde sie eben als letzte das Schiff verlassen. Na und? Ihr Herzklopfen war so stark, dass sie das Pulsieren ihrer Adern spürte. Robert nahm Silkes Koffer und reichte ihr die Hand. Langsam erhob sie sich und trottete neben ihm her, den Kopf gesenkt. Längst benetzten Tränen ihre Augen, und sie war verzweifelt bemüht, dies vor ihrem Liebsten zu verbergen.

Die Bahn stand bereit zur Abfahrt. Ein letztes Mal lehnte Silke sich an Roberts Brust. Sein Herzschlag ging schnell. Sein Atem streichelte ihren Nacken. Und Robert hielt sie einfach nur fest. Der Zugbegleiter forderte zum Einstieg auf. Sie sahen sich in die Augen. Eine Träne rann nun doch über ihre Wange. Sie gab ihm einen flüchtigen Kuss, drehte sich um und wollte gehen. Aber Robert hielt sie am Arm fest und sagte:

»Ich liebe dich.«

Silke wurde schwindlig. Sie warf sich in seine Arme.

»Ich liebe dich doch auch.«

Der Zugbegleiter, der die ganze Szene beobachtet hatte, lächelte dabei, als er auf die Uhr zeigte. 30 Sekunden hatte er ihnen gegeben. 30 Sekunden, in denen sich zwei Leben änderten. Silke stieg ein. Durch die Scheibe warf sie Robert eine Kusshand zu, als die Bahn sich in Bewegung setzte. Unvermittelt kam das Erwachen. Was hatte sie getan? Warum war sie nicht geblieben? Warum verließ sich die Liebe ihres Lebens zum zweiten Mal?

In diesem Augenblick wusste sie es: Die Vergangenheit bedeutet gar nichts. Sie musste zurück! Nie mehr feige sein. Nie mehr zweifeln. Nie mehr einsam in ein kaltes Bett schlüpfen. Nie mehr! Aus ihr heraus kam ein Strahlen. Ein nie gekanntes Verstehen. Und so viel Freude, dass sie es kaum ertragen konnte. Jetzt erst entdeckte sie, wer sie war. Die Silke von gestern, eine Fremde. Sie lachte und summte. Love me tender. Elvis. Er wusste, was wichtig war. Einzig die wahre Liebe.

Robert zog die Schuhe aus, warf sie lässig in eine Ecke im Flur und nahm sich ein Bier aus dem Kühlschrank. Er pfiff, vom Glück beseelt, vor sich hin. »Ich liebe dich auch«, hatte sie gesagt. Vielleicht war doch noch nicht alles verloren. Das Leben war schön. Er konnte hoffen. Er wollte hoffen.

Im Vorübergehen schaltete Robert das Fernsehgerät an. Nachrichtenzeit. Die verpasste er nie. Schnell holte er sich die kalten Pizzareste von gestern aus dem Kühlschrank. Flüchtig lauschte er auf die neuesten Meldungen aus dem Land. Von einem Zugunglück war die Rede. Ein ICE war entgleist, zwischen Dagebüll und Hamburg. Robert erstarrte. Fotos tauchten auf dem Bildschirm auf. Mit schrecklichen Bildern. Drei Menschen waren tot. Und dann sah Silke ihn an. Sie blickte direkt in seine Augen. Robert stand wie zur Salzsäule erstarrt. Es dauerte 30 Sekunden, bis er begriff. Der Pizzateller glitt ihm aus der Hand. Und er fiel. Ins Bodenlose. Der Aufprall war hart. Es zerriss ihn innerlich. Silke! Das Schicksal war so unfair.

*****

Im Wattenmeer

Heike Auel

Hetty starrte auf das Foto, das ihre neue Freundin ihr entgegenhielt. Ein Pärchen in enger Umarmung lachte in die Kamera. Die Frau darauf war unzweifelhaft Fanny, etwas weniger braun gebrannt, die Haare etwas länger und etwas heller, aber sie war es. Und daneben ...

»Martin lässt sich so ungern fotografieren. Es ist das einzige Foto von uns beiden. Dabei sind wir schon seit vier Monaten zusammen. Er sagt immer: Ich fotografiere lieber selbst! Sieht er nicht gut aus?«

Hetty nickte bedächtig.

»Oh ja«, stammelte sie nach einer kurzen Pause, »in der Tat. Aber....«

Ihr fehlten die Worte. Das ging jetzt entschieden zu weit mit der Ähnlichkeit. Denn dieser Martin, Fannys Freund, hatte nicht nur den gleichen Vornamen wie ihr eigener Ehemann, die gleiche Vorliebe für Kosenamen auf -y, sie ließen sich ungern fotografieren und hatten einen Job, bei dem sie ständig unterwegs waren, nein, sie sahen auch noch bis auf das i-Tüpfelchen gleich aus. Um es genauer zu sagen: entweder handelte es sich um eineiige Zwillinge - oder um ein- und dieselbe Person.

Im ersten Moment wollte sie wütend werden, Fanny vorwerfen, sich ihren Mann geschnappt zu haben, aber sie traute ihrer neuen Freundin einfach nicht zu, so raffiniert zu sein, dass sie mit der Ehefrau ihres Freundes Spielchen spielte. Nein, wenn hier jemand Spielchen spielte, dann war es Martin, da war Hetty sich ganz sicher.

Wortlos nahm sie ihr Smartphone heraus und suchte in der Galerie, bis sie ihr Hochzeitsfoto fand. Dann reichte sie das Gerät ebenso wortlos an Fanny. Die blickte darauf, ihre Augen weiteten sich.

»Aber das ist doch Martin!«

»Sieht ganz so aus.«

Die beiden Frauen sahen sich an.

»Und jetzt?«

***

Hetty und Fanny hatten sich vor drei Tagen in einem Café in der Nähe des Hafens kennengelernt. Genaugenommen verdankten sie ihre Bekanntschaft Mareike, der resoluten Wirtin des Cafés, einer alten Freundin von Hetty. Hetty war auf Nordstrand aufgewachsen. Heute lebte sie in Hamburg, doch sie kam regelmäßig zurück und verbrachte ein paar Tage oder Wochen im Haus ihrer Eltern. Seitdem diese nicht mehr lebten, vermietete sie die obere Etage als Ferienwohnung, die untere Wohnung stand immer bereit für sie. Auch als sie vor zwölf Monaten geheiratet hatte, hatte sie dies beibehalten. Viel zu gern war sie am Meer, machte lange Spaziergänge im Watt. Sie kannte das Watt genau, wusste, wo sie unbesorgt gehen konnte, wann sie umkehren musste, um nicht plötzlich bei auflaufendem Wasser vor einem Priel zu stehen. Und jedes Mal trank sie echten friesischen Tee in Mareikes Café ›Am Deich‹, das diese neben einer kleinen Pension betrieb.

Mareike hatte Hetty herzlich begrüßt und sich dann im überfüllten Gastraum umgesehen.

»Bannig voll heute. Aber setz du dich mal zu der Dame da drüben, ich glaube, die kann etwas Unterhaltung gebrauchen. Das passt, wirst sehen!«

Ehe Hetty ablehnen konnte, saß sie neben einer Frau Ende 40, die anscheinend allein reiste und etwas verloren in ihrem Kaffee rührte.

Wie immer hatte Mareike genau ins Schwarze getroffen. Die beiden Frauen verstanden sich auf Anhieb. Sie waren im gleichen Alter, hatten nach einigen Enttäuschungen noch einmal eine neue Liebe gefunden. Beide lebten in der Stadt, liebten aber die Natur, lange Spaziergänge, Lesestunden am Kamin. Natürlich fragten sie sich gegenseitig nach ihrem Lieblingsautor, und mussten lachen, als sie beide fast gleichzeitig ›Ingrid Noll‹ sagten.

Gemeinsamkeiten gab es also reichlich, und so trafen sie sich täglich. Fanny hieß eigentlich Friederike, doch ihr ging es genau wie Henriette, die von allen nur noch Hetty genannt wurde.

»Hetty und Fanny - das klingt ja fast wie Hanni und Nanni«, lachte Fanny. »Aber Martin bestand auf Fanny, ihm war Friederike zu sperrig.«

»Genau wie mein Martin! Dabei hasse ich diese Verniedlichungen.«

»Kaum zu glauben, oder? So viele Ähnlichkeiten. Gleiche Hobbies, gleicher Name des Partners. Und wir treffen uns hier, nur weil ich auf Nordstrand gestrandet bin.«

»Könnte fast ein Buchtitel sein: ›Gestrandet auf Nordstrand‹.«

Fanny hatte allein Urlaub machen müssen, weil ihr Martin sich derzeit keine freien Tage erlauben konnte. Und auch, weil sie einfach mal wieder etwas Abstand brauchte, wie ein kleiner Kobold in ihrem Kopf immer wieder sagte, auch wenn sie versuchte, ihn zu ignorieren. Das Ziel ihrer recht spontanen Abreise war Sylt gewesen. Wenige Verspätungsminuten in Hamburg bei der Bahn hatten aber ausgereicht, ihre Pläne umzuwerfen, der Intercity nach Westerland war weg, stattdessen gab es einen Regionalexpress nach Husum, in den sie spontan eingestiegen war.

Kurzentschlossen hatte sie Sylt abgehakt und sich von einem freundlichen Taxifahrer von Husum nach Nordstrand bringen lassen, dankbar, dass in Mareikes kleiner Pension noch ein winziges Einzelzimmer unter dem Dach frei gewesen war, das für Notfälle. So ein Notfall war sie ja - sozusagen.

***

Und jetzt saßen sie gemeinsam in der gemütlichen Pizzeria, starrten auf die Fotos und wussten nicht, was sie denken sollten. Wie hatten sie darüber gelacht, dass der eine Martin immer um 19 Uhr abends und der andere gerade mal 15 Minuten später anrief.

»Unsere Namen - muss ja praktisch für ihn sein, dass sie fast gleich klingen.« Fanny schüttelte den Kopf.

»Ich kann es gar nicht glauben«, erwiderte Hetty. »Habt ihr eigentlich Streit gehabt?«

»Eigentlich nicht. Ich bin nur allein gefahren, weil er arbeiten muss. Er ist immer wochenweise weg, hat einen Außendienstjob. Aber ich hatte keine Ahnung, dass er verheiratet ist. Bist du jetzt etwa eifersüchtig auf mich, weil ich mit deinem Mann zusammen bin?«

»Ja, eben wollte ich dir kurz mal die Augen auskratzen.« Hetty lachte. »Aber wirklich nur ganz kurz. Du hättest mir doch kein Bild von ihm gezeigt, wenn du etwas von mir geahnt hättest. Und er … er hat immer so etwas unstetes, irgendwie bin ich gar nicht so überrascht, wie ich eigentlich sein sollte.«

Sie schwieg nachdenklich.

»Er hat natürlich nie irgendwas von Frankfurt erzählt, sein Bezirk geht angeblich bis Bremen und Hannover. Aber er übernachtet immer, sagt er, damit er nicht so viel fahren muss und ich mir keine Sorgen mache.«

»Anfang Mai war er für zwei volle Wochen daheim – also in Frankfurt bei mir. Das war wirklich schön. Sonst geht es mir wie dir - er ist viel unterwegs.«

»Anfang Mai, da hat er mir eine Postkarte aus Lüneburg geschickt. Fand ich total lieb von ihm. Aber wenn ich das richtig sehe, dann war er in Wirklichkeit bei dir.«

Hetty holte den Kalender heraus.

»Schau, an den Wochen war er in Hamburg bei mir.«

»Am 15. April? Da hat er mir gesagt, er ist auf einer Fortbildung.«

»Hast du ihm jetzt von mir erzählt?«

»Nur, dass ich bereits nette Leute getroffen habe. Er glaubt noch, ich sei auf Sylt, war irgendwie einfacher. Hätte ich ihm erzählt, dass ich den Zug verpasst habe nach Sylt, hätte ich mir doch nur Vorwürfe anhören müssen – er wollte ja eh nicht so recht, dass ich allein verreise.«

»Also, dem müssen wir definitiv auf den Grund gehen, Fanny. Der spielt uns gegeneinander aus. Ich habe meinen Laptop dabei, morgen durchforsten wir das Internet. Wir lassen uns doch nicht für dumm verkaufen.«

***

Nach zwei Tagen intensiver Internetrecherchen und Telefonaten (wie gut, dass Hetty einen Schulfreund bei der Hamburger Abendpost ausgrub, der für die Polizeiberichte zuständig war) sahen sie deutlich klarer. Martin hatte Fanny von seiner ersten Frau erzählt (»Ganz schlimme Scheidung, mein Liebling, lass uns nicht drüber reden!«). Hetty dagegen hatte immer nur vom tragischen Tod seiner ersten Frau gehört. Die Wahrheit sah ganz anders aus. Martins erste Frau schien unter recht zweifelhaften Umständen ums Leben gekommen zu sein. Der Ehemann war verdächtigt worden, aber letztlich hatte man ihm nichts nachweisen können. Ihm sei eine Lebensversicherung im kleinen sechsstelligen Bereich ausgezahlt worden, hieß es in einem Presseartikel.

Und wenige Monate später hatte es erneut einen ungeklärten Todesfall in seiner Umgebung gegeben: auf der Fähre von Göteborg nach Kiel war eine Frau verschwunden, die sich mit Martin eine Kabine geteilt hatte. Man vermutete, dass sie bei einem nächtlichen Spaziergang über Bord gefallen war, doch ihr Verschwinden war erst am nächsten Morgen aufgefallen, und ihre Leiche wurde niemals gefunden. Die Frau war alleinstehend gewesen, ohne Familie, ob auch diesmal Geld an den trauernden Partner geflossen war, konnten sie nicht herausfinden, doch es war zumindest sehr gut möglich.

»Hetty, mein Gott, mir ist ganz schlecht.«

Fanny war vor lauter Anspannung in Hettys kleinem Wohnzimmer herumgelaufen, doch jetzt sank sie auf die Ledercouch.

»Er hat mir vorgeschlagen, wir sollten Lebensversicherungen abschließen. Ich - wir... wir hatten etwas Streit, weil mir der Betrag so hoch schien. Und ich dachte, jetzt muss ich erst mal nachdenken, allein. Der Antrag liegt in meinem Zimmer.«

»Hast du schon unterschrieben?«

»Nein, noch nicht, ich war unsicher.«

»Gott sei Dank. Dann hat er keinen Grund, dir etwas anzutun.«

»Hetty!« Fanny wurde blaß. »Meinst du….?«

»Also, ich habe eine Versicherung abgeschlossen. Kurz nach der Hochzeit. Vorher wollte ich nicht. Über einen kleinen sechsstelligen Betrag, wenn du es genau wissen willst. Und jetzt hat er seit vier Monaten eine neue Freundin.«

»Ja, aber…. Das kann ich nicht glauben. Martin ist doch nicht …«

»Nicht? Ich glaube langsam, wir haben es nicht nur mit einem notorischen Herzensbrecher, sondern mit einem skrupellosen Heiratsschwindler zu tun.«

Hetty schwieg versonnen.

»Und wenn ich genauer darüber nachdenke, gab es ein paar Situationen, die mir jetzt in einem ganz anderen Licht erscheinen.«

»Du meinst, er hat dir etwas antun wollen?«

»Damals erschien es mir als Zufall. Einmal hat er den Wagen aus der Garage zurückgesetzt, als ich gerade hinter dem Auto herging. Ich konnte soeben noch zur Seite springen. Und vor kurzem, es ist so vier Wochen her, habe ich gebadet. Da ist er hereingekommen, hat mir den Rücken gewaschen, ganz lieb war er. Sogar den Haartrockner wollte er unbedingt schon einstecken.«

»Er wollte dich mit dem Haartrockner in der Badewanne - umbringen?«

»Wer weiß? Möglich wäre es. Der Föhn ist tatsächlich in die Wanne gefallen, aber anscheinend ist das Haus so gut abgesichert, dass sofort das Licht ausging und nichts weiter passierte. Ansonsten hätte es ganz schön dunkel für mich ausgesehen. Natürlich hat er sich tausendmal entschuldigt wegen seiner Ungeschicklichkeit. Der Haartrockner sei ihm aus den feuchten Händen gerutscht und wie froh er sei, dass mein Schutzengel aufgepasst habe.«

Die beiden Frauen schwiegen. Lange Zeit saßen sie gemeinsam auf der Couch, während die Sonne allmählich unterging und die Schatten länger wurden.

Hetty fand als erstes die Sprache wieder.

»Nein, Fanny, dagegen müssen wir was unternehmen. Lass uns nachdenken, was wir tun können. Morgen gegen Mittag ist Niedrigwasser, wir machen einen Wattspaziergang. Die frische Luft wird uns guttun.«

***

Am nächsten Morgen trafen sie sich am Strand. Die Sonne schien warm auf den Sandboden, warm genug, um barfuß durch das Watt zu laufen.

»Ist das nicht gefährlich?« Fanny blickte unsicher auf die feuchte Weite des Wattbodens.

»Wenn man sich nicht auskennt, schon. Aber ich bin hier aufgewachsen. Wenn man von hier Richtung jenem Prickenweg dort drüben geht, kommt man auf ein Wattenhoch. Dort kann man problemlos bis 2 Stunden nach Niedrigwasser bleiben.«

Und so marschierten sie los. Ihre Umgebung nahmen sie allerdings kaum war, denn sie kannten nur ein Thema: Martin und seine Frauen.

»Ich habe gar nicht schlafen können. Ich kann mir einfach nicht vorstellen, dass Martin so skrupellos sein kann und dich umbringen wollte.«

»Oh doch, je länger ich drüber nachdenke, desto sicherer bin ich mir. Das war alles kein Zufall. Ist dir nie aufgefallen, wie launisch und geizig er ist?«

»Doch, das schon.« Fanny rieb ihre Nase, wie immer, wenn sie nachdenken musste.

»Er kann so wunderbar zärtlich sein, aber als er wollte, dass ich den Antrag für die Versicherung unterschrieb, wurde er fast ein wenig grob. Ich war ganz erschrocken.«

»Siehst du, das meine ich. Immer wenn es nicht nach seinem Plan geht, wird er wütend. Das kenne ich auch. Und wenn es ums Geld geht. Wer bezahlt bei euch im Restaurant? Wer zahlt die Miete?«

Fanny dachte nach.

»Die ersten ein oder zwei Mal hat er bezahlt. Danach meist ich. Ich habe ja einen guten Job. Und ja, er ist bei mir eingezogen. Aber ich kann von ihm doch kein Geld verlangen.«

Hetty antwortete nicht. Schweigend gingen sie weiter.

»Ich glaube allmählich, du hast recht.« Fanny nickte gedankenverloren.

»Vor ein paar Wochen habe ich 50 Euro auf der Straße gefunden. Ich wollte mir davon einen besonders teuren Puder kaufen, aus der Parfümerie. Es war ja sozusagen geschenktes Geld. Doch er bestand darauf, es in das Sparschwein zu stecken, das bei uns steht. Wir haben vereinbart, alle Fünf-Euro Scheine zu sammeln, für den nächsten Urlaub.«

»Und dann?« Hetty blieb auf dem schlickigen Boden stehen, ihre Zehen gruben sich in den Sand, während sie ihre Freundin erwartungsvoll anschaute.

»Na ja, er wurde laut, ich hätte einen Hang zur Verschwendungssucht. Ich hab's dann tatsächlich in das Sparschwein gesteckt. Nur, allmählich glaube ich, er nimmt manchmal die Scheine heraus. Vor 14 Tagen habe ich nachgeschaut, es war kaum Geld drin, und der 50er fehlte auch.«

» Hast du ihn gefragt?«

»Ich habe mich nicht getraut.« Fannys Stimme war ganz leise geworden.

Schließlich blickte sie auf.

»Lass uns zu Mareike gehen und Kaffee trinken. Mir macht das Watt Angst.«

»Blödsinn, das Watt ist nur gefährlich für den, der es nicht respektiert. Von hier aus musst du dich in Richtung Windanlage halten.« Sie wies mit der Hand auf die weißen Flügel eines Windrotors an Land.

»Geh auf keinen Fall in Richtung der Hafenmole, auch, wenn dort viele helle Lichter sind, denn dort verläuft ein tiefer Priel, der schon kurz nach Niedrigwasser sehr reißend sein kann.«

***

»Also«, eröffnete Hetty die Diskussion, als sie endlich bei Mareike an einem kleinen Ecktisch saßen, vor ihnen jeweils eine Tasse Milchkaffee und ein Stück von der sündhaft guten Friesentorte. Die Sahne würde sich direkt auf ihren Hüften absetzen, aber im Moment hatten sie wirklich andere Probleme.

»Was tun wir gegen Martin? Wenn wir nicht wollen, dass er uns vorzeitig unter die Erde bringt und mit den Lebensversicherungen abhaut, müssen wir uns wehren.«

»Schon wahr.« Fanny rieb ihre Nase. »Ich glaube, ich sollte ihn vor die Tür setzen. Obwohl er mir schon fehlen würde. Manchmal ist er doch ein Süßer.«

»Ziemlich bittersüß, würde ich sagen. Wenn du ihn rauswirfst, sucht er sich einfach das nächste Opfer. Ich kann zwar die Lebensversicherung umschreiben, aber dann schöpft er Verdacht, dass wir ihm auf die Schliche gekommen sind. Nein, ich glaube, wir müssen etwas energischer werden.«

»Energischer? Was meinst du damit? Du sagst doch selbst, wenn er Verdacht schöpft, haben wir erst recht ein Problem.«

»Genau!« Hetty nickte. »Wir müssen dafür sorgen, dass er uns so lange vertraut, bis er keinen Schaden mehr anrichten kann. Nie mehr!«, fügte sie bedeutungsvoll hinzu.

Fanny starrte sie an.

»Wie soll das denn gehen? Du kannst ihn ja nicht wegzaubern.«

»Ich vielleicht nicht. Aber das Watt birgt so seine Gefahren.«

Hetty verstummte und sah Fanny in die Augen. Die senkte den Blick.

»Du meinst: wie Cora und Maja?«

»So ungefähr.«

»Wir locken ihn her und ......«

»......und machen mit ihm einen Spaziergang im Watt, genau.«

»Aber er steckt gerade in Frankfurt. Vermute ich. Wieso sollte er herkommen? Er weiß ja nicht einmal, dass ich nicht auf Sylt bin. Und selbst wenn er herkommt - er wird uns beide sehen, eine Szene machen und wütend abreisen. Wie willst du ihn denn ins Watt locken?«

»Ich glaube, das ist gar nicht so schwer. Mit Liebe, denke ich mir.« Hetty nickte, wie um sich selbst zu bestätigen.

»Ja, Liebe sollte funktionieren bei Martin. Liebe geht immer!«

Fanny rührte in ihrem Milchkaffee, bis sich die geschäumte Milch und der Kaffee zu einer unappetitlichen braunen Soße vermischt hatten.

»Nein, so funktioniert das nicht!« Sie schüttelte energisch den Kopf und schob die Kaffeetasse von sich, so dass die Flüssigkeit schwappte.

Hetty zuckte zusammen. Leichte Furcht kroch ihren Nacken hoch. Was sie da vorgeschlagen hatte, war ja schon sehr extrem - vielleicht war Fanny doch zu zart besaitet. Hatte sie die neue Freundin und ihre stundenlangen Gespräche völlig falsch eingeschätzt?

»So funktioniert das nicht?«, fragte Hetty vorsichtig nach.

»Nein! Milchkaffee, ich bitte dich! Solche Entscheidungen muss man mit Champagner begießen, nicht mit

Milchkaffee. Mareike, hast du wohl noch ein Gläschen Prosecco für uns?«

***

Das Telefonat mit Martin am Abend planten sie minutiös. Und während Fanny die geballten Hände an den Mund presste, um weder loszuprusten noch vor lauter Aufregung dazwischenzureden, aktivierte Hetty alles, was sie jemals an Verführungskünsten besessen hatte. Auch wenn Fanny Martins Antworten nicht hören konnte, wusste sie genau, wie er sich am Telefon wand.

»Oh mein Lieber, wie schön, dich endlich wieder zu hören. Ich habe mir schon Sorgen gemacht.«

......

»Natürlich, aber ein ganzer Tag kann so lang sein. Missing you - my dear.«

......

»Warum kommst du dann nicht einfach her für das Wochenende?«

......

»Am Wochenende arbeiten? Ach so, dein Chef kommt von einer Dienstreise und will abgeholt werden? Aber da kann doch ein Kollege zum Bahnhof fahren.«

Verzweifelt biss Fanny in ihre Fingerknöchel und unterdrückte das Lachen. Kein Wunder, dass er damit Probleme hatte, denn am Sonntag sollte sie planmäßig wieder in Frankfurt eintreffen. Martin hatte ihr versprochen, sie vom Bahnhof abzuholen. Gespannt hörte sie weiter zu.

»Allein sind die Strandspaziergänge nicht so nett. Wenn du dabei wärst ….«

Hettys Stimme klang plötzlich ganz leise und zärtlich, fast verführerisch.

»Also, ich wüsste schon, was wir in den Dünen machen könnten. Oder vielleicht auch im Watt, wir zwei, ganz allein.«

Kurze Zeit später erfuhr Fanny von ihrem Martin, dass er leider gezwungen sei, ihr ein Taxi vom Bahnhof zu spendieren, sie solle nicht böse sein, er müsse früher los als geplant, zu schade, aber Dienst sei nun mal Dienst. Und Fanny hatte für ihren schwer arbeitenden Martin natürlich vollstes Verständnis.

***

Hetty begrüßte Martin am Samstag gegen Mittag in ihrem Haus, sie küsste ihn lange und zärtlich, und weil das Wetter gut war, gingen sie gleich zum Strand. Als sie Hand in Hand über die Promenade schlenderten, kam ihnen kurz vor dem Hafen eine dunkelhaarige Frau entgegen.

»Oh, Martin, schau mal, das ist meine neue Freundin, von der ich dir eben erzählt habe. Die musst du unbedingt kennenlernen. Fanny, huhu!«

Hetty winkte mit den Armen, doch das war gar nicht notwendig. Fanny hatte die beiden längst entdeckt.

»Fanny, schau, das ist mein Martin. Er ist gekommen, ein Überraschungsbesuch. Ich freue mich so.«

»Fanny!«

»Martin!«

Hetty sah irritiert von einem zum anderen.

»Ihr kennt euch?«

»Kennen?« Nie zuvor hatte Fannys Stimme so voller Hohn geklungen. »Das kann man wohl sagen. Du bist mir ja eine Hinterlistige!«

Und zu Martin:

»Kannst du mir vielleicht mal sagen, was du hier tust?«

»Fanny, ich….«, Martin blickte hilflos von einer zur anderen. Dann riss er sich zusammen.

"Ich denke, du bist auf Sylt? Aber wenn du es unbedingt wissen willst: Es ist gar nicht so, wie du denken magst. Ich meine, ich kenne Hetty doch schon so lange, und sie wollte unbedingt, dass ich herkomme.«

»Martin, darf ich mal erfahren, was das soll? Woher kennst du Fanny?”

Martin schwieg, was hätte er auch sagen sollen. Statt seiner antwortete Fanny.

»Du brauchst gar nichts erzählen. Während du mit mir herumpoussierst, hast du anscheinend noch weitere Eisen im Feuer, was? Dienstreisen, Schulungen, dass ich nicht lache. Ich habe dir eine Wohnung gegeben, wegen der scheußlichen Scheidung. Ein Dach über'm Kopf. Und stattdessen? Wer ist das Flittchen hier? Der Scheidungsgrund? Oder die Ehefrau, die sich die ganze Zeit über das leichtgläubige Dummchen aus dem Westerwald lustig gemacht hat?«

Ihre Stimme war lauter und lauter geworden, inzwischen drehten sich die ersten Spaziergänger nach den drei Personen um, die dort auf der Promenade standen und sich anschrien.

»Aber Fanny! «

Martin versuchte zu beschwichtigen, doch Fannys Stimme wurde noch ein paar Töne schriller.

»Und so einen habe ich aufgenommen. Aus lauter Nächstenliebe. Ich reise ab, sofort. Das muss ich mir nicht bieten lassen.«

Sie drehte sich halb um, doch dann kam sie nochmals zurück. Unvermittelt hob sie die Hand und versetzte Martin eine heftige Ohrfeige.

»Damit du weißt, was ich von dir halte, du Scheusal!«

Martin hielt sich die Wange, die feuerrot geworden war, und sah Fanny nach. Hilflos blickte er dann zu Hetty, die verzweifelt versuchte, die neugierigen Passanten abzulenken.

»Es ist wirklich nichts, nur ein kleiner Familienstreit, bitte.« Energisch schob sie Martin weiter.

»Komm mit, du machst ja ganz Nordstrand rebellisch. Du wirst dich doch nicht von so einem Luder aus der Fassung bringen lassen.«

Sie zog Martin mit sich, bis sie die Promenade hinter sich gelassen hatten.

»Lass mich dir erklären, wieso ich Fanny kenne.«

»Aber Martin, Liebster. Du musst mir nichts erklären. Ich weiß, wie schwer es für dich ist. Du bist ja immer unterwegs. Klar, dass andere Frauen auch gern so einen Partner hätten. Aber du bist mein, nicht wahr?

Für immer und ewig. Bis das der Tod uns scheidet. Ach, Martin, so eine alte Jungfer kann uns doch nichts anhaben.«

Zärtlich strich sie ihm über die gerötete Wange, hauchte einen Kuss auf seine Lippen, und legte den Arm um seine Taille, während sie ihn am Strand entlangführte.

***

Den Abend verbrachten sie gemeinsam in der Pizzeria. Händchenhaltend, mit leuchtenden Augen, hatte Hetty ihren Ehemann dem Pizzabäcker vorgestellt. Nach fast zwei Flaschen Rotwein, von denen Hetty gerade mal ein Glas getrunken hatte, war Martin etwas unsicher auf den Beinen. Doch als Hetty ihm einen Nachtspaziergang vorschlug, um den schönen Abend ausklingen zu lassen, stimmte er zu. Am Strand standen sie engumschlungen und blickten auf das silbrig glänzende Wattenmeer, das wieder einmal, im endlosen Auf und Ab der Gezeiten, den Sandboden freigab. Der Mond blinzelte zwischen den Wolken hervor und spiegelte sich in den letzten Wasserpfützen.

»Komm, wir gehen noch ins Watt.«

»Jetzt? Aber es ist doch schon dunkel.«

»Ach was, der Mond scheint, es ist Niedrigwasser, und außerdem finde ich mich hier blind zurecht. Komm, lass uns die Sandalen ausziehen.«

Und schon lief sie barfuß hinaus auf den Wattboden. Martin folgte ihr zögernd.

30 Minuten später hatte sich der Mond hinter den Wolken versteckt. Jetzt war die Nacht tintenschwarz. Der Deich versperrte den Blick auf die Lichter von Nordstrand. Nur die roten Lichter einer Windanlage und die Lichter des Hafens waren zu sehen.

» Komm, lass uns heimgehen«, drängte Martin.

»Es ist dunkel, und kalt, und…«, er griff nach ihrem Po und zog sie an sich.

»Es gibt viel schönere Orte für uns zwei als das dunkle, glitschige Watt.«

»Aber Martin.« Geschickt wand sich Hetty aus seiner Umarmung, um seinem Rotweinatem zu entkommen.

»Es ist doch wunderschön hier. Aber wenn du möchtest, gehen wir heim. Dort entlang.«

Sie wies auf das grüne Licht, dass die Einfahrt zum Hafen markierte.

»Das ist der kürzeste Weg. Geh schon mal los. Ich komme sofort.«

»Was soll das denn heißen? Willst du mich hier allein lassen?"

»Nein, es ist nur… Ach, Martin, bitte geh doch schon mal vor. Ich muss doch unbedingt…. Pipi, weisst du.« Sie senkte ihre Stimme, als schäme sie sich, so etwas zu sagen.

Martin lachte dröhnend.

»Meine Süße muss mal, na dann. Und verschämt ist sie auch noch, so gefällt sie mir.«

Immer noch lachend, ging er in Richtung des grünen Hafenlichts. Seine Schritte platschten in den Wasserpfützen, die allmählich größer wurden.

Hetty wartete, bis die Dunkelheit ihn fast verschluckt hatte. Dann drehte sie sich langsam um und lief lautlos in Richtung der roten Lichter, die an der Nabe des großen Windrotors hinter dem Deich leuchteten.

***

Im Husumer Künstlercafé saß eine Dame allein an einem Tisch, offensichtlich wartete sie auf jemanden. Ihr angespannter Blick ging immer wieder zur Tür und aus dem Fenster hinaus zur Straße, ihre Hände spielten ungeduldig mit dem Smartphone. Da betrat eine andere Dame das Café und sah sich suchend um. Die Wartende hob die Hand und blickte erwartungsvoll auf.

»Und?«, fragte sie atemlos.

Die Angekommene nickte nur kurz, legte ihre Jacke über den freien Stuhl und ging zum Tresen. Als sie zurückkam, trug sie zwei langstielige Sektgläser und stellte sie auf dem Tisch vor ihrer Freundin ab.

Da entspannte sich das Gesicht der wartenden, und ein Lächeln ließ ihr Gesicht strahlen.

Beide hoben die Gläser.

»Prost, Friedrike! Auf uns!«

»Prost, Henriette! Auf uns - und das Wattenmeer!«

*****

Entscheidung am Balaton

Steffi Müller

Amir drückte sich tiefer in den Sitz und lenkte seine Aufmerksamkeit auf das monotone Rattern der Zugräder. Ihm gelang ein kurzes Schläfchen, bevor die Bahn die Endstation erreichte und eine weibliche Stimme, die im Lautsprecher wohnte, alle Fahrgäste bat, auszusteigen. Endstation. Es war nur ein Wort. Für Amir bedeutete es den Anfang von etwas, dass bisher noch keinen Namen hatte.

Karim. Wo bist du jetzt? Du fehlst mir so. Ich kann noch immer nicht begreifen, dass du nicht zurückkommen wirst.

***

Sechs Monate hatte er gebraucht, um Baba zu überzeugen, dass er in ein anderes Land wollte, um dort zu studieren. Er wusste, er war Babas Liebling. Daher würde es nicht einfach werden, den Segen des Vaters und damit seine Erlaubnis zu bekommen. Oft kam es zum Streit zwischen Vater und Sohn, der immer damit endete, dass Baba vor Wut schäumend aus dem Haus ging und ihn ohne einen Funken Hoffnung zurückließ.

Streit war auch dem großen Unglück voraus gegangen, das Karim so unvermittelt ereilt hatte. Es war blitzschnell geschehen. Nichts hatte darauf hingedeutet. Der Schuss zerriss die Alltagsgeräusche, selbst die Schwüle in der Luft. Sprengte Amirs heile Welt inmitten eines gewöhnlichen Tages. Er sah Karims Körper, wie er in den Staub fiel, die Augen auf Baba gerichtet. Grausame

165

Realität, in Blei gegossen für die Ewigkeit. Danach hatte Amir vergeblich versucht, die Monster in seinem Kopf zu bannen, die ihn mit den schrecklichen Bildern jenes Tages heimsuchten.

***

Nun war er hier. In einem Land voller fremder Menschen mit einem anderen Lebensgefühl. Von deren Glauben er zu wenig wusste. Ahnungslose, die nicht verschämt zur Seite blickten, wenn er an ihnen vorüber ging. Kurz hüpften die Gedanken zu seiner Familie. Sie bestand aus Baba und seiner Mutter, die ihn abgöttisch liebte. Aus ihm und seinem jüngeren Bruder Nabil. Er würde nun zu Hause, in Afghanistan, seine Stellung im Elternhaus einnehmen. Er hatte auch zwei Schwestern, Nesrin und Nawal. Sie waren noch nicht im heiratsfähigen Alter. Daher sah der allmächtige Vater in ihnen nur zwei lästige Mäuler, die er stopfen musste. Er strafte sie mit Verboten und Regeln, die er oft mit einem Lederriemen durchsetzte. Die Mädchen verkrochen sich in ihr kleines Zimmer und unterhielten sich im Flüsterton, wenn Baba im Haus war. Amir hatte sich nie Gedanken darüber gemacht. Sie waren Mädchen und hatten zu gehorchen. Das hatte sich geändert, als Karim den Tod fand. Mehr und mehr stellte er alles in Frage, was sein Leben ausgemacht hatte. Ihn quälten Albträume. Er war ständig gereizt, und seine Frohnatur, die ihm in die Wiege gelegt worden war, war ihm irgendwann verloren gegangen. Er mied seine Freunde und schwänzte die Schule. Mit dem Bruder war auch ein Teil von ihm gestorben. Erst als ihn die kleine Nesrin, wieder einmal mit blauen Flecken übersät, aus traurigen Augen anblickte und flüsterte, dass sie am liebsten tot wäre, geschah etwas mit ihm. Er suchte einen Weg, dem grausamen Schicksal, das Karim so unvermittelt ereilt hatte, selbst zu entfliehen. Jetzt, da er es nun wusste. Wusste, dass er an demselben Leiden litt wie sein Bruder. Diese Schande würde Baba auch ihm nicht verzeihen.

Eine fixe Idee reifte in ihm. Zaghaft zunächst, wurde sie täglich realer. Bis sie einen klaren Weg zeichnete und er sein Ziel kannte.

***

Es war einer dieser Zufälle gewesen, die es fertigbrachten, einem verzweifelten Menschen wieder Hoffnung zu schenken. Ihn aus dem finsteren Tunnel wieder hinaus ins Licht zu führen. Ein Augenblick, der ein Leben nahm, um ein anderes zu retten.

An jenem Tag halfen Baba und seine Kinder einem alten Nachbarn, aus den Trümmern seines Hauses ein paar Habseligkeiten zu bergen, die nach einem der unzähligen Bombenanschläge noch brauchbar waren. Seine Frau und die Kinder waren allesamt unter den Trümmern begraben worden. Ihre Leichname hatte man bereits fortgebracht.

Unter Scherben und Gesteinsbrocken hatte Amir ein Fotoalbum gefunden. Verstaubt und angerissen zog er es aus dem Schutt. Darin fand er Bilder aus einer längst vergangenen Zeit. Bilder, die den Nachbarn als jungen Mann in einer fremden Welt zeigten. Die Schriften unter den Fotos waren verblasst und kaum lesbar. Doch ein Wort fand Amir immer wieder: Hungaria.

Später, als die Arbeit getan und der Nachbar getröstet war, als ihm Speise und Obdach von hilfsbereiten Menschen gewährt war, befragte er das Internet. Ungarn. Schnell gewann dieses Land sein Interesse. Er studierte alles, was für ihn greifbar war und zweifelte nie daran, dass er dorthin gelangen würde. Selbst die politische Lage, die ständigen Berichte über den Bau von Zäunen und Mauern konnten ihn nicht entmutigen. Von diesem Tag an ackerte er in der Schule wie ein Besessener. Er rückte sein Leben gerade und tat alles, um die bösen Geister in seinem Kopf in Schach zu halten. Er schloss die Schule mit Bestnoten ab und bewarb sich an einer internationalen Universität in Budapest um ein Stipendium. Er wartete, er hoffte, er bangte. Tage vergingen. Wochen. Der Sommer verblasste. Als endlich der ersehnte Brief eintraf, konnte selbst Baba sich dem Wunsch seines geliebten Sohnes nicht mehr entziehen. Er sprach voller Stolz über seinen klugen Jungen und gab ihm seinen Segen. Bald schon kam der Tag, an dem Amir Abschied nahm von allem Vertrauten und sich aufmachte in eine andere Welt, die seine verwundete Seele heilen sollte.

***

Budapest

Das erste Semester Informatik war ein Probelauf gewesen, den Amir mit Bravour gemeistert hatte. Mit seinen Sprachkenntnissen beschäftigte er sich meist am Abend in der Stille seiner Wohnung. Er kam täglich besser zurecht, gewöhnte sich schnell ein und verlor schon bald die Scheu, andere Menschen anzusprechen.

Dennoch blieb er für sich. Er mied die Studentenpartys und hielt sich abseits aller studentischen Aktivitäten in den WGs und wo man sich sonst noch so traf. Er wollte Baba stolz machen.

Als das Semester vorüber war packte ihn die Neugier. Er wollte mehr von diesem Land erfahren, dass ihm zweite Heimat werden sollte. Er wollte es erleben, riechen, schmecken. Wollte die Menschen, die seinen Alltag nun teilten, besser verstehen. Tage zuvor hatte er ein Gespräch zwischen zwei Mädchen verfolgt, die den Sommer am Balaton planten. Zurück in seiner Wohnung befragte er Google zum Balaton.

Der Balaton

— der größte Binnen- und Steppensee Mitteleuropas
— 79km lang, im Mittel 7,8km breit
— durchschnittliche Tiefe 3,25m, maximale Tiefe 12,5m
— im Sommer kann die Wassertemperatur 30° übersteigen
— flaches Südufer, das Nordufer von Weinbergen umgeben
— der Name ist slawischer Herkunft
— weiße Strände, Heilbäder und Thermalquellen
— wirtschaftliche Bedeutung durch Weinanbau und Fischfang am bzw. im See

Ihm gefiel, was er las und so beschloss er, genau dort anzufangen. Am Balaton. An einem Meer, das inmitten von Europa lag. Ein Meer, das so warm war, wie die

Liebe zu seiner Heimat, die er im Herzen trug. Kurzentschlossen buchte er eine Reise dorthin.

***

Amir bemühte sich, den aufgeregten Anruf seines Vaters am Vorabend seiner Reise aus dem Gedächtnis zu streichen. Baba hatte sich vehement geweigert, zu akzeptieren, dass sein Sohn die Semesterferien nicht im Haus seines Vaters verbringen wollte. Bei seiner Familie, in seinem Land, wie Baba mit donnernder Stimme immer wieder betonte. Doch Amir blieb bei seinem Entschluss. Er war noch nicht bereit, sich dem Geschehen um den Tod von Karim zu stellen.

Siofok

Es war ein anderes Flair, das ihm hier begegnete. Inmitten unzähliger Touristen, Bars und Shops. Lautstarkes Stimmengewirr, die Luft geschwängert von Unbeschwertheit, der Lust auf Abenteuer, der Suche nach einem Flirt. Glück, das greifbar war. Ein Gefühl, das auch Amir packte und das er begierig in sich aufsog.

Aus den Locations Klänge, so fremd, so zärtlich schön. Der junge Afghane drängte sich dicht an die warmen Häuserwände, um nichts zu verpassen, wenn er in die weit geöffneten Türen der Diskotheken spähte. Und um niemanden zu stören. Er, der Fremde. Der gute, der schlechte Fremde. Mädchen in löchrigen Jeans, mit wehenden Haaren. Gestylt und fröhlich. Von überall her schallendes Lachen. Sie tanzten, sie tranken und ihre Lippen küssten. Oft und voller Hingabe. Was er sah, berauschte ihn. Er hatte nicht gewusst, dass ihn diese Art von Unbeschwertheit so faszinieren könnte. Ach, wäre Karim jetzt an seiner Seite. Er würde staunen wie ein Kind. Seine wunderschönen Augen, sie hatten die Welt immer bunter gesehen, als sie war. Könnte er jetzt hier sein, dann würden seine Wangen wieder die kleinen Dellen zeigen, wenn er lachte. Er war ein wunderschöner Junge gewesen. Mit weichen Zügen und zarter Haut, die im Sonnenlicht oliv schimmerte. Baba empfand Karims Zartheit eher befremdlich. Ein Schwächling, mit dessen Geburt Allah ihn gestraft hatte. Doch wofür? Dass er selbst ein guter Mann und Muslime war, dessen war Baba sich sicher.

Karim, ach Karim. Du fehlst mir so sehr, mein Bruder.

Ermutigt von der Tatsache, dass es auch eine Welt ohne Waffen, ohne durch die Straßen streunende Militärs gab und mit Häusern, an deren Fenstern Vorhänge hingen, beschloss Amir, sich vom Nachtleben berieseln zu lassen. Er ging dorthin, wo Musik aus den Clubs in die Nacht strömte. Nur zuschauen, sonst nichts. Er war Muslim arabischer Herkunft, und in seiner Heimat war Ramadan. Er achtete nicht nur seine Wurzeln, er war stolz auf sie. Und würde man ihn rufen, um sein Land, seine Familie, seinen Glauben zu verteidigen, er würde gehen. Um zu kämpfen und alles zu tun, was man von ihm erwartete. Für sein Land, dass schon so lange blutet und weint. Für die Menschen, die ständig in Bewegung sind. Getriebene. Verfolgte. Missverstandene, gutherzige Menschen. Kinder mit Augen, die schon zu viel gesehen haben. Schmutzig, hungrig und oft ohne Bleibe. Stra-

171

ßenkinder. Zurückgelassen schon als Kleinkinder, weil die Mütter zu arm sind, um sie zu nähren. Sie verstecken sich in Häuserruinen, auf Müllhalden und in der Kanalisation. Immer auf der Hut. Immer fluchtbereit. Vor den Millitärs und dem Gesindel, das für hilflose, hungrige Kinder immer Verwendung hat.

***

Er hatte die Promenade erreicht. Es war spät, und er musste nun endlich eine Mahlzeit zu sich nehmen. Sein Blick zum Himmel suchte den Mond. Die Sichel war seine Uhr. Erst, wenn sie klar zu sehen war, durfte ein Muslim im Ramadan speisen. Dafür hatte er nun Zeit, bis der Mond dem anbrechendem Tag Platz machte.

***

Amir fand ein kleines Lokal, das mit südländischer Küche lockte. Das kam seinen Essgewohnheiten recht nah, daher überlegte er nicht lange. Ein kleiner Tisch an der Ecke mit Blick zum Wasser lud ihn ein, sich zu setzen. Er wählte ein fleischloses Gericht, das seinem Glauben entsprach und verzichtete auf Alkohol. Schwarztee mit viel Zucker war sein bevorzugtes Getränk. Unmerklich ließ Amir seinen Blick schweifen. Zahlreiche Gäste, so dunkelhaarig wie er. Fröhliches Lachen, das Raunen ihrer Stimmen zwischen gedämpfter Musik und scharrenden Füßen. Alles bewegte sich im Einklang. Von ihm nahm keiner Notiz. Die Erinnerung an Karim ließ ihn in Ruhe und er nahm sich Zeit für die ungarische Küche.

***

172

Die Morgensonne kitzelte Amir schon früh aus dem Schlaf. Er beschloss, einen Ausflug zur Nordseite des Steppensees zu unternehmen. Als er aufbrach, fiel ihm eine Frau auf, die vor dem Hoteleingang stand und ihn taxierte. Es wirkte fast so, als hätte die alte Frau auf ihn gewartet. Ihr langes Kleid vereinte alle erdenklichen Farben in sich. Das schwarze Haar war unordentlich nach oben gesteckt. An ihren Ohren baumelten riesige goldglänzende Reifen. Er wollte gehen, als sie die Hand hob und ihn heranwinkte. Zögerlich ging Amir auf sie zu. Augenblicklich bohrte sich ihr Blick mit einer Intensität in seine Augen, der nicht gestattete, sich abzuwenden. Ihre Stimme klang fordernd:

»Gib mir deine Hand. Ich werde für dich in die Zukunft sehen.«

Amirs anfängliche Skepsis wurde von Neugier abgelöst. Langsam legte er seine Hand in ihre, die schwielig und rau war. Dabei schmunzelte er nun doch und kramte mit der anderen Hand nach ein paar Münzen in seiner Tasche. Die Frau ließ sich Zeit, strich mit ihren kratzigen Fingern seine Lebenslinien entlang. Bis sie ihn wieder ansah.

»Du wirst schon sehr bald die Liebe finden.«

Er zuckte mit den Schultern, konnte ihr nicht glauben. Die Liebe? Hier? Er suchte ja nicht einmal nach ihr.

»Humbug«, würde Baba jetzt sagen. »Jag sie fort und glaub ihr bloß nicht!«

Die Frau hätte jetzt gehen können. Aber sie hielt seine Hand noch immer fest, fuhr noch einmal über seine Haut und sprach mit dunkler Stimme diese Worte, die Amirs Unbehagen aktivierten.

»Und du wirst einen großen Verlust erleiden.«

Das war genug. Der junge Mann zog seine Hand zurück und murmelte eher zu sich selbst:

»Das habe ich schon.«

Er drückte der Frau ein paar Münzen in die Hand und ließ sie stehen. Schnelle Schritte. Nur fort von dieser seltsamen Frau. Als er kurz über die Schulter blickte, war sie verschwunden.

Amir setzte sich in den Bus und fuhr seinem Ziel entgegen. Die Zigeunerin hatte er schon bald vergessen.

Balatonfüred

Das Wetter hatte umgeschlagen. Dicke Wolken verhüllten den Bilderbuchhimmel und sperrten die Sonne weg. Hier glänzte der Balaton nicht mehr in seinem einladenden Silberblau. Hier hatte er etwas Drohendes in graugrün. Wilder als am Hotelstrand in Siofok schlug das Wasser auf den Strand und lauerte. Auf Unerschrockene, die es wagten, sich dem Meer zu nähern. Wellen, die hastig nach dem Streifen Land griffen, den Sand wegleckten und ihn mit der nächsten Welle wieder ausspuckten. Amir zog sich die Kapuze seines Blousons über den Kopf und lief ziellos den Strand entlang. Tatsächlich gab es nur wenige Besucher außer ihm, und alle hielten gebührenden Abstand zum tosenden Wasser. Er nicht. Er wollte alles haben. Auch die spritzende Gischt, die sich auf seinen Sachen breit machte und weißen

Schaum hinterließ. Gegenwind ließ ihn um Atem ringen. Fasziniert ließ er sich darauf ein, sich mit der Natur zu duellieren.

Vornübergebeugt schob er sich vorwärts und durchschnitt mit dem Kopf trotzig die Windböen. Es war sein Spiel. Fast zu spät sah Amir auf und merkte, dass vor ihm ein Boot aufragte. Den Bug im Sand, das Heck noch im Wasser. Er näherte sich mit Neugier. Weit und breit kein Mensch, kein zweites Boot. Diese Einsamkeit riss ihn sofort mit sich.

Zwei Gestrandete, du und ich. Zwei, die für anderes bestimmt waren und sich verirrt haben.

Amir war zu sehr in seine Gedanken vertieft, als dass er das Augenpaar, das ihn beobachtete, bemerkt hätte. Es gehörte einem Fischer, der im Schutz seines Bootes Netze flickte. Inzwischen war er nah genug heran, um den Rumpf des Bootes beinahe berühren zu können. Da tauchte ein Kopf mit einer Pudelmütze wie aus dem Nichts auf. Amir stieß einen kurzen Schrei aus, was das Gesicht unter der Pudelmütze zum Lachen brachte.

»Nun mal sachte, ich bin kein Gespenst.«

Amir schämte sich ein wenig.

»Schon gut. Ich hatte nicht damit gerechnet, dass bei diesem Wetter jemand auf dem Boot sein könnte.«

»Das Wetter ist genau richtig für mich.«

Dem Fremden mit der Pudelmütze schien das Spiel der Naturgewalten nichts auszumachen. In den Augen des Fischers war Freundlichkeit zu lesen.

»Was hast du denn vor bei dem starken Wind? Du willst doch wohl nicht rausfahren?«

»Genau das ist der Plan. Morgen, wenn der Tag anbricht. Dann lege ich die Netze aus und warte. Ist die beste Zeit zum Fischen. Gegen Mittag komme ich zurück.«

»Klingt nicht sehr spannend.«

Der Fischer lachte wieder.

»Meine Arbeit ist alles andere als unspektakulär. Im Gegenteil. Fischen ist ein harter Job, erfordert Disziplin und Ausdauer. Auch nach dem Fischen gibt es eine Menge zu tun. Aber das siehst du ja selber.«

Amir hatte sich entschieden, an diesem unwirtlichen Ort noch zu bleiben. Er schaute still dem Fischer zu. Klar, es gab auch in seiner Heimat gute Fischer. Alles Männer, die seit Generationen nichts anderes taten. Die Söhne übernahmen das Handwerk und das Boot, wenn die Väter die Gicht in den Knochen bekamen und die Kraft aus dem Körper wich. Fischer waren angesehene Leute in Afghanistan. Sie konnten ihre Familien versorgen und den Rest verkaufen. Das gab ihnen ein wenig Sicherheit, auch wenn es nur für ein bescheidenes Leben reichte.

»Nun steh nicht so rum. Komm, spring rein. Ich kann eine helfende Hand gebrauchen.« War das eine Einladung, oder machte er sich lustig? Amir hatte noch nie ein Fischernetz in der Hand gehalten. Sein Vater war Buchhalter, kein Fischer.

»Übrigens, ich heiße Ivo.«

Was gab es schon zu verlieren? Mit einem Satz war Amir im Boot und reichte dem Fischer die Hand.

»Amir. Ich bin Afghane und studiere in Budapest. Eigentlich. Ich meine ... jetzt sind Semesterferien.«

Ein Kopfnicken und ein verstehender Blick.

»Brauchtest wohl mal andere Luft? Raus aus dem Großstadtmief?«

Der Afghane ließ sich zeigen, wie man Netze flickte und versuchte es selbst. Es dauerte ein wenig, doch als die Sonne das Meer küsste, ging ihm die ungewohnte Arbeit recht gut von der Hand. Amir war zufrieden. Mit sich, seinem Tag und der Begegnung mit Ivo. Der Fischer sprach nicht viel. Gelassenheit war seiner Zunft eigen. Seine Hände dafür umso mehr. Sie waren die eines Mannes, der harte Arbeit gewohnt war. Und flink waren sie. Schlugen Schlaufen, fädelten Seil hindurch, zurrten fest und begannen von Neuem. Als das Tageslicht abnahm, waren alle Netze geflickt und ordentlich auf Stapel gelegt. Fertig für den nächsten Fang. Amir war voller Begeisterung. Sein Stolz überstrahlte den Schmerz in seinen Händen. Der Fischer lud ihn ein, noch zu bleiben. In der kleinen Kombüse lagerten frische Muscheln, die würden auch für zwei reichen.

Wenig später saßen die beiden jungen Männer an einem kleinen Feuer am Strand. Die Sonne war längst untergegangen, als Ivo die Muscheln auf zwei Tellern anrichtete und roten Wein, süß wie der ungarische Sommer, in zwei Gläser füllte. Sie aßen schweigend. Das knisternde Feuer sorgte für wohlige Wärme. Ab und an flogen Funken wie Glühwürmchen durch die Nacht, wenn der kühle Wind sein Spiel mit den Flammen trieb. Später kramte der Fischer eine alte Fidel aus einer Holztruhe und begann zu spielen. Ein Wechselspiel aus hastigen, beschwingten Tönen, die jedes Bein zum Wippen brachten, und zärtlichen Tönen. Sehnsuchtsvolle Klänge, die Eis zu schmelzen imstande waren. Lieder aus der Puszta und Zigeunermusik. Sein Gegenüber war überwältigt und fand kaum Worte, die sein Empfinden hätten beschreiben können. War das Glück? Oder gar etwas ganz anderes? In eine Wolldecke gewickelt genoss Amir die Kühle der Nacht und lauschte mit geschlossenen Augen der Musik. Bis Ivo seine Fidel zur Seite legte. Ein Unwohlsein machte sich in der Magengegend breit. Er verließ den Platz am Feuer und seinen Zufallsgast. Der Weg zum Boot schien ihm länger als sonst. Er wollte schneller laufen, doch seine Beine waren weich wie Pudding und gaben unter ihm nach. Er fiel in den Sand, übergab sich und wand sich unter Schmerzen. Nur Augenblicke später war Amir bei ihm. Ungeschickt versuchte er dem Fischer aufzuhelfen. Ivos Körper fühlte sich an wie Blei und das Sprechen fiel ihm schwer.

»... so übel. Gib mir ... Wasser. ... Durst.« Amir legte Ivos Kopf vorsichtig ab und stürzte zum Boot. In der Kajüte suchte er nach Trinkwasser, stieß dabei ein paar Teller vom Sideboard und hastete die kleine Leiter wieder nach oben auf das Deck. Zurück bei Ivo, dem kalter Schweiß die Stirn hinablief und der zitterte, flößte er ihm das Wasser aus einer Flasche ein. Ivo hatte es kaum geschluckt, schoss es wie eine Fontäne wieder aus seinem Mund. Schleimiger Brei, der bestialisch stank.

»Was hast du bloß auf einmal? Was kann ich tun? Ach, ich weiß.« Amir zog sein Hemd aus, knüllte es zusammen und schob es unter Ivos Kopf.

»Ich muss dich auf die Seite drehen.« Der Fischer reagierte nicht. Amir brauchte Kraft, schaffte es aber, den bewusstlosen Mann in die stabile Seitenlage zu bringen. Er rannte zum Feuer, wo sein Blouson lag, zog sein Handy aus der Tasche und wählte den Notruf. Die Panik, die Amir ergriffen hatte, trieb ihn an. Er nahm sein Taschentuch, umwickelte damit seine Finger und ohne weiter darüber nachzudenken leerte er vorsichtig Ivos Mundhöhle aus. Wieder schäumte gelbbrauner Schleim hervor. Der Afghane würgte seine eigene Übelkeit hinunter und wiederholte sein Handeln. Wo blieb nur die Rettung? Wieso dauerte das so lange?

»Stirb nicht. Bitte, bitte, stirb nicht.«

In seinem Rücken flackerten Lichter auf. Endlich! Zwei Männer kamen angerannt und knieten sich neben Ivo.

»Na, den kenne ich doch. Der schweigsame Fischer.« Während der Arzt mit einer kleinen Lampe in Ivos Augen leuchtete und mit flinken Händen seinen Bauch abtastete, stellte er Amir Fragen.

»Seit wann ist er weggetreten?«

»Weiß nicht genau. Es kommt mir wie eine Ewigkeit vor.«

»Länger als 15 Minuten?«

»Kann sein. Ja, ich glaube schon.«

»Mist. Was hat er gegessen?«

»Muscheln. So wie ich.«

Der Arzt zog sein Sprechgerät hervor und rief einen Hubschrauber zu Hilfe. Mit geübten Griffen legte er dem Fischer einen Zugang und spritzte ihm etwas in die Vene. Kaum war die Kanüle leer, schoss wieder eine Fontäne aus Ivos Mund hervor, bespritzte den Arzt und versickerte im Sand.

»Alles, was raus kommt, schadet ihm nicht mehr.«

Ohrenbetäubender Lärm machte jede weitere Frage unmöglich. Der Heli landete in direkter Nähe am Strand. Dann ging alles ganz schnell. Zwei Sanitäter rannten mit einer Trage auf die Menschengruppe zu, legten Ivo, der jetzt am Tropf hing, vorsichtig darauf und brachten ihn zum Hubschrauber. Der hob ab und verschwand in der Nacht. Der Arzt hatte seine nach Fisch stinkende Jacke abgelegt und packte zusammen.

»Du hast dem Fischer möglicherweise das Leben gerettet.«

»Ich verstehe das alles nicht. Ich habe das Gleiche gegessen wie Ivo.«

»Deshalb nehme ich dich jetzt auch mit. Zum Durchchecken. Nur für alle Fälle.«

Amir ergab sich in sein Schicksal. Er war zu erschöpft, um zu widersprechen. Also folgte er dem Arzt zum Rettungswagen. Der Arzt sah die vielen Fragen in Amirs Augen, als er neben ihm ging.

»Eine einzige verdorbene Muschel reicht aus, um eine schwere Vergiftung zu verursachen. Und die ist offenbar auf dem Teller deines Freundes gelandet.«

Er klopfte dem Afghanen aufmunternd auf die Schulter und ließ ihn einsteigen.

»Ich kenne Ivo erst seit ein paar Stunden.«

»Aha. Nun, ich weiß nicht viel über ihn. Er lebt schon eine ganze Weile hier draußen am Strand. Das Boot ist sein Heim. Man sagt, er sei vor den Frauen geflohen. Was auch immer das heißen mag.«

***

Als Amir die Klinik verlassen konnte erhob sich die Sonne über der Stadt. Unschuldig wie ein Kind brachte sie den jungen Tag zum Strahlen, ohne zu ahnen, welch tragische Geschichte sich zugetragen hatte, als sie auf ihrer Reise durch die Zeit die andere Hälfte der Erde gewärmt hatte. Bei ihm waren alle Tests ohne Ergebnis geblieben, also durfte er gehen. Ivo hingegen lag in einem komatösen Schlaf und bekam nichts vom Hoffen und Bangen um sein Leben mit. Doch einfach gehen konnte und wollte Amir nicht. Er schaute durch das Glas in der Tür auf einen Mann, dessen Brustkorb sich unter der weißen Decke rhythmisch hob und senkte. Das einzige Zeichen, dass der Schlafende am Leben war. Versorgt durch Schläuche und Kanülen hob sich Ivos Gesicht kaum vom sterilen Weiß im Zimmer ab. Sein gebräuntes Gesicht wirkte jetzt durchscheinend, hatte fast etwas Mystisches. Eine Weile stand Amir einfach nur da und betrachtete den Schlafenden.

Stirb nicht. Wir haben uns doch gerade erst gefunden. Ich habe noch so viele Fragen. Und ich will nicht schon wieder jemanden verlieren.

Amir ging. Wohin? Erst jetzt bemerkte er, wie unendlich müde er war. Schlafen. Einfach nur Schlafen. Für den Augenblick das Einzige, was er wollte. Also nahm er den Weg zum Strand zurück, zu Ivos Boot, in die Erinnerung an die letzten Stunden. Er legte sich in Ivos Koje. Der letzte Gedanke, den er fassen konnte, bevor er in tiefen Schlaf fiel, war der, dass niemand das Boot verschlossen hatte. Erstaunlich, dass es hier keine Plünderer gab, die diese Situation ausgenutzt hatten.

Die alte Zigeunerin schlich sich in seine Träume. Mit ihren krummen Fingern piekste sie ihn in die Schulter, lachte schadenfroh und meinte:

»Ich habe es dir gesagt. Ich habe es dir gesagt. Du wirst einen großen Verlust erleiden.«

Ihr gackerndes Lachen brachte sein Herz zum Rasen. Als er hochschreckte, saß er auf dem Boden und atmete schwer. Er fror, obwohl er schweißgebadet war. Was wollte diese Alte bloß von ihm? Er machte sich einen Tee, setzte sich an den kleinen Tisch und bemühte sich, seine Gedanken zu ordnen. Der gestrige Tag hatte Spuren hinterlassen. Und noch mehr Fragen aufgeworfen. Doch plötzlich wusste er was zu tun war. Er kroch zurück in die Koje, schlief noch zwei Stunden. Er duschte, zog sich an, sperrte das Boot zu und verließ den Strand.

Siofok

Amir verschwendete keine Zeit, packte seine Sachen, bezahlte die Hotelrechnung, rief ein Taxi, das ihn zum Flughafen brachte und buchte den Rückflug nach Budapest. Er hatte Glück, die Maschine ging bereits in drei Stunden. Am Abend konnte er in seiner Wohnung sein. Morgen würde er alles erledigt haben. Seine Gedanken schweiften ab, schnitten die Zeit in zwei Hälften. Der Blick zurück zeigte Karim, zart und zerbrechlich wie Glas. Wenn er die Augen schloss, spürte er Karims Hand auf seinem Arm. Weich und warm. Und er blickte in die Zukunft, sah Ivos Gesicht unter der Pudelmütze. Lachend, mit schmutzigen Händen, die den Geruch von Fisch festhielten. Er sah Ivo am Strand, mit seiner Fidel, die so wundervolle Töne in die Welt entließ. Er sah sie beide beim Fischen, beim Schwimmen, beim Spazieren gehen. Träume wie Farben aus Licht. Endlich verstand er. Es fühlte sich gut und richtig an.

Balatonfüred

Als er zurückkehrte, fühlte er sich wieder unglaublich erschöpft. Das Gespräch mit Baba hatte in einer Katastrophe geendet. Es kam nicht unerwartet. Dennoch tat es weh.

Du bist nicht mehr mein Sohn!

Dieser Satz hämmerte ununterbrochen in seinem Kopf. Baba hatte ihn aus der Familie ausgeschlossen. Ihm war klar, er würde seine Heimat nie wiedersehen. Und seine Mutter, ihre liebevollen Augen. Selten hatte Amir sich so elend gefühlt. Zweifel schlichen sich in seine Gedanken. Was, wenn Ivo ihn hier gar nicht wollte? Er hatte ohne Wissen des Fischers eine Entscheidung getroffen. Was, wenn er in die Begegnung mit Ivo etwas hineininterpretierte, was nicht existierte? Was blieb ihm jetzt? Warten. Er hatte keine Ahnung, wann Ivo zurückkommen würde. Um sich abzulenken, machte Amir sich auf dem Boot zu schaffen. Er räumte die Kajüte auf, fegte die Scherben zusammen, die die zerbrochenen Teller hinterlassen hatten. Er putzte die runden Scheiben, spülte Geschirr und ordnete ein paar Sachen. Das alles war neu für ihn. In Afghanistan waren die Frauen und Töchter dafür verantwortlich. Als er sein Werk betrachtete, war er zufrieden. Ivo sollte sich um nichts kümmern müssen, wenn er zurückkam. Mit dem Deck würde er sich morgen beschäftigen. Jetzt wollte er in die kleine Stadt laufen, um einzukaufen. Alles was man auf einem Boot so benötigte, alles, nur keine Muscheln. Er hatte ein wenig Geld gespart, das würde für die erste Zeit reichen. Bis er wusste, wie es weiter gehen würde.

Es vergingen noch zwei Tage. Dann kam er endlich. Amir saß auf dem Deck in der Sonne und döste, als er Schritte im Sand vernahm.

»Du bist noch da.«

Amir nickte, wartete ab.

»Ich hatte gehofft, dass du bleiben würdest.«

Ein großer Stein löste sich in Amirs Brust. Etwas ungeschickt stand er auf und traute sich, Ivo zu umarmen.

»Ich bin so froh, dass du es geschafft hast.«

»Schätze, das habe ich dir zu verdanken.«

»Eher dem Arzt. Der wusste nämlich, was zu tun war. Ich hatte einfach nur Angst.«

Beide lachten, umarmten sich noch einmal. Sie sprachen bis spät in die Nacht. Amir erfuhr endlich, warum Ivo hier draußen lebte. Seine Mutter war vor einiger Zeit verstorben, seinen Vater kannte er nicht. Ivo hatte Halt bei einem Freund gesucht, wohnte eine Zeit bei ihm. Als er sich in den Freund verliebte, warf der Vater Ivo auf die Straße. Er schlief eine Zeit lang in einem Obdachlosenheim und streunte herum. Eines Tages fand er dieses Boot. Da niemand Besitzansprüche erhob, wusste er sofort, es lag für ihn hier. Er beschaffte sich einen Job als Kellner, arbeitete nachts, schlief wenig und brachte in der Freizeit das Boot auf Vordermann. Er las Bücher über das Fischen und lernte. Drei Jahre später fuhr er das erste Mal hinaus. An diesem Tag verlieh er sich selbst den Titel »Ivo, der Fischer von Balatonfüred«.

»Seit ich fische, geht es mir gut. Ist nur manchmal ziemlich einsam hier.«

»Das muss nicht so sein.«

»Wie meinst du das?«

»Du sagtest, du könntest eine helfende Hand gebrauchen.«

»Und dein Studium?«

»Hab' ich hingeschmissen. … Ich glaube, es war kein Zufall, dass ich an diesem Strand spazieren ging. Ich glaube, ich verstehe jetzt, was die alte Zigeunerin mir sagen wollte.«

»Zigeunerin?«

Amir erzählte ihm von der Begegnung mit der alten Frau. Und von seinem Traum. Ivo hörte zu, blieb still und machte sich seinen eigenen Reim darauf. Ihm knurrte der Magen. Er hatte noch nicht wieder richtig essen können. Amir hatte vorgesorgt. Er zauberte Fladenbrot und einen Salat herbei und bereitete Tee zu, wie er ihn kannte. Schwarz, kräftig, süß. Ramadan war zu Ende. Das dreitägige Zuckerfest folgte auf die Fastenzeit und erlaubte Amir, mit seinem Freund zu schlemmen. Morgen würde er Ivo zeigen, was die arabische Küche so besonders machte.

Sie lagen lange wach in dieser Nacht. Sprachen über dies und das. Ivo hatte die zweite Koje für Amir hergerichtet, die vorher nur als Ablageplatz diente. Er hatte nicht versucht, sich Amir zu nähern. Das zarte Pflänzchen, das beide in sich trugen, brauchte Zeit, um zu wachsen.

***

Tage später, sie schrubbten gemeinsam das Deck, warf Ivo wie zufällig zwei Fragen ein.

»Wer ist Karim? Und was ist mit ihm passiert?«

Amir ließ den Schrubber einfach fallen. Der Ausdruck in seinen Augen war so unendlich traurig, dass auch Ivo seine Arbeit unterbrach.

»Woher weißt du von ihm?«

»Du redest im Schlaf. Wirres Zeug meistens. Und du rufst dauernd seinen Namen.«

»Karim war mein Bruder. Kaum jünger als ich. Wir machten alles gemeinsam. Und wir standen füreinander ein, egal was passiert war. Ich habe ihn sehr geliebt. Er war nicht einer der Rüpel, die sich ständig prügelten. Er war klug, sehr ruhig und er lachte viel.«

»Du sprichst in der Vergangenheit.«

»Karim ist tot. Baba hat ihn erschossen.«

Amir setzte sich auf eine Holzkiste, legte die Hände auf den Schoß und sein Blick wanderte ab. Die furchtbare Tat war wieder in seinem Bewusstsein, so stark wie nie zuvor. Er glitt in der Zeit zurück, erlebte alles noch einmal. Es tat so brutal weh. Und dann brach es aus ihm heraus.

»Wir kamen aus dem Dorf heim. Wie immer fröhlich und wie immer zu spät. Wir kannten das Ritual. Baba würde ein paar laute Worte sprechen, dann mit dem Auge zwinkern und alles war wieder gut. Söhne haben einen anderen Status als die Mädchen.«

Amir rang mit sich, sprach aber weiter.

»An diesem Tag war es anders. Baba empfing uns auf der Türschwelle, befahl uns, stehen zu bleiben. Wir taten es, warteten ab und tauschten einen ungläubigen Blick. Noch bevor ich begriff, was er tat, richtete er sein Gewehr, das er neben die Tür gelehnt hatte, auf Karim und erschoss ihn. Einfach so. Den entsetzlichen Schrei meiner Mutter werde ich nie vergessen. - Als der alte Salman, ein Gemüsehändler, hinter Baba erschien, wusste ich, er hatte Karim verraten.«

Stille. Amir senkte den Kopf und weinte.

»Was, Amir, was hat er verraten?«

»Karim war anders. Er war … er interessierte sich nicht für Mädchen. … Es gab einen Jungen im Dorf, zu ihm zog es ihn hin. Der Junge erwiderte Karims Gefühle. Nur ein einziges Mal hatten sie sich an den Händen gehalten. Sie hatten sich bei einer Ruine getroffen, die sehr abseits lag. Aber Salman hatte seine Augen überall. Da half auch nicht, dass ich Wache schob.«

Amir blickte Ivo an, als er sagte:

»Ich fühle mich schuldig. Hätte ich den Alten doch früher bemerkt. Dann wäre Karim noch am Leben.«

»Das darfst du nicht. Gib nicht dir die Schuld. Das würde Karim sicher nicht wollen. Schuld ist falscher Glaube und das fehlende Verständnis für alles, was anders ist. Dabei sind wir ganz normale Menschen.«

Ivo setzte sich zu ihm und lehnte sich an ihn. Eine Weile blieben sie stumm. Sie dachten beide über das Gesagte nach. Ivo brach irgendwann das Schweigen.

»Was ist aus dem anderen Jungen geworden?«

»Als es sich herumgesprochen hatte, war der Junge unauffindbar. Er war längst über alle Berge. Er kam nie zurück.«

»Ich habe die Absicht, in die Niederlande zu gehen. Ein Hausboot zu kaufen. Ich arbeite schon eine Weile dafür, hab schon einiges gespart.«

Amir nickte fast unmerklich mit dem Kopf.

»Komm mit mir, Amir. Dort haben wir eine Zukunft.« Er wischte sanft über Amirs Wange, trocknete dessen Tränen. Ein kleines Lächeln schob sich in Amirs

Mundwinkel. Wie hatte er zweifeln können? Er hatte es doch sofort gespürt. Ja, er würde Ivo beim Fischen helfen, um mit ihm zu leben.

***

Er musste es allein tun. Ivo blieb auf dem Boot und schaute Amir nach. Sah, wie der sich die Hosenbeine hochkrempelte und ins Wasser ging. Sah, wie er das weiße Papierschiffchen auf die Wellen setzte und sanft anstieß. Es tänzelte davon. Amirs Flüstern hörte er nicht.

»Wo du auch sein magst, mein Bruder. Ich werde dich immer im Herzen tragen. Doch nun musst du gehen. Eines Tages werde ich dir folgen. Leb wohl, Karim.«

*****

Tanz am Meer

Heike Auel

Eva blätterte die Seiten des Svenska Dagbladet um und griff zu ihrer Kaffeetasse. Sie liebte die Wochenenden. Ausführlich Kaffee trinken, ein wenig plaudern, schweigen, dazu Brötchen und die Zeitung – es gab nichts Schöneres. Aaron hatte sich bereits in den Sportteil vertieft. Seit seinem Herzanfall vor ein paar Monaten trank er nur noch Tee zum Frühstück, doch Eva brauchte einfach ihren schwarzen Kaffee. Ohne den war kein Wochenende.

Sie überblätterte den Lokalteil, Fernsehprogramm, die bunte Seite. Dann der Kulturteil. Eva zuckte zusammen, als sie das körnige Bild sah. «Journalist überraschend verstorben – er wurde nur 60 Jahre alt. Lesen Sie Edvard Lundgrens letztes Interview«.

»Ach, aber das ist doch …«, entfuhr es ihr, »er ist tot!«

Aaron sah auf. »Wer ist tot?«

»Edvard! Edvard Lundgren«

»Edvard Lundgren? Hm, war das nicht so ein Reporter?«

»Journalist, ja.«

»Klingt so, als hättest du ihn gekannt.«

»Gekannt? Ich - nein, natürlich nicht.« Eva schluckte. »Aber dass er tot ist, nicht mehr lebendig ...«

Ihre Stimme war zu einem Murmeln geworden, zum Glück hatte Aaron sich bereits wieder dem Sport zugewandt und hörte gar nicht zu.

Eva betrachtete das Bild. Es war fremd, und doch so vertraut. Die leicht gewellten Haare, jetzt grau geworden, die kleinen Fältchen in den Augenwinkeln. Wie blau seine Augen waren, zeigte das Schwarzweißbild nicht. Sie begann das Interview zu lesen, flüchtig überflog sie all die Fragen nach beruflichen Erfolgen, spannenden Reportagen. Dann Informationen zum Privatleben, nie verheiratet, keine Kinder. An einer Frage blieb ihr Blick hängen: »Was war ihr glücklichster Moment?« Seine Antwort traf sie völlig unvorbereitet.

»Mein glücklichster Moment? Ich wusste es damals noch nicht, aber es war, als ich am Meer tanzte.«

›Als ich am Meer tanzte‹ ..., nicht mehr, keine Erklärung. Eva schlug den Artikel zu und blickte in den Garten, über den Garten hinaus, bis zum Meer. Als er am Meer tanzte ..., ihre Gedanken wanderten weit zurück durch die Zeit, zu jenem Sommer.

***

Eva kramte in ihrer Geldbörse in der Hoffnung auf ein paar Kronen, mit denen sie diesen widerspenstigen Münzfernsprecher füttern konnte. Sie musste unbedingt Sina erreichen. Wie jedes Jahr hatte Sina die kleine Wohnung für sie beide gemietet, eine Woche Frauenurlaub in Halland am Strand. Das machten sie schon seit 15 Jahren, seit sie die Schule beendet hatten und sich zum ersten Mal die Abiturientenmütze aufsetzen durften. Daran hatten weder Sinas überstürzte Heirat noch ihre ebenso überstürzte Scheidung kurz darauf etwas ändern können. Auch als Eva Aaron kennenlernte und ihm nach Stockholm folgte, behielten sie diese Angewohnheit bei. Sogar nach der Geburt von Haakon fanden sie eine Lösung, obwohl Eva sich erst gar nicht von ihrem Sohn trennen wollte. Aaron wünschte ihr jedes Mal viel Vergnügen. »Tob dich aus mit deiner Malerfreundin, aber komm zurück!«, ermahnte er sie jedes Mal, ehe er sie zum Abschied leidenschaftlich küsste und ihr mit großer Geste den Autoschlüssel aushändigte.

Normalerweise traf Sina als erste ein, sie lebte seit der Scheidung in einer Art Künstlerkolonie bei Malmö, während Eva quer durch Schweden fahren musste und selten vor dem frühen Abend ankam. Daher holte Sina den Schlüssel, kaufte auch schon mal ein paar Lebensmittel. Meist allerdings verstand sie unter Grundnahrungsmittel vor allem Schokolade, ein paar Dosen Bier, vielleicht zwei Kartons mit Tiefkühlpizza oder eine Flasche Wein. Immerhin reichte das, um bis zum nächsten Morgen zu überleben, ab da übernahm in schöner Regelmäßigkeit Eva Küche und Einkauf.

So hätte es auch dieses Mal sein sollen, aber Sina war nicht aufzufinden. Kein alter Golf vor dem kleinen Ferienhaus, die Tür verschlossen. Keine Nachricht. Den Schlüssel holten sie immer im Konsum bei dem alten Svensson, doch der hatte schon seine Läden vorgeschoben und machte Feierabend. Sie musste Sina einfach erreichen, vielleicht war etwas passiert. Sina war, trotz aller Künstlermentalität, normalerweise absolut zuverlässig.

Irgendwo hatte sie doch noch das 10-Kronen-Stück für die Einkaufswagen. Kurzerhand stülpte Eva ihre Handtasche um und schüttete den gesamten Inhalt auf die Motorhaube ihres alten Fiat. Nicht bedacht in ihrem Eifer hatte sie dabei allerdings die Schwerkraft, die dafür sorgte, dass ein Lippenstift, ihr Schlüssel, ein Päckchen Tampons und diverse andere Utensilien sich mitten auf der Straße verteilten. Auch ein 10-Kronenstück machte sich auf und kullerte schwungvoll bis zum Mittelstreifen.

»Oh nein!« Ohne nach rechts und links zu sehen, sprang Eva der Münze hinterher, ehe die auf der anderen Seite in den Graben rutschen konnte.

Da quietschen plötzlich Bremsen, ein blauer Volvo stoppte knapp vor ihren Füßen, die Fahrertür flog auf. Eva blickte erschreckt auf. Ehe sie reagieren konnte, sprang ein dunkelhaariger Mann aus dem Auto.

»Sind Sie völlig verrückt geworden? Stehen hier mitten auf der Straße direkt hinter einer Kurve?«

Eva bückte sich, griff nach dem Kronenstück und wusste nicht, was sie sagen sollte. Doch er schien auch keine Antwort zu erwarten, denn energisch fuhr er fort:

»Haben Sie hier einen Schatz verloren? Nein, lassen Sie mich raten.«

Seine Augen schweiften über die am Boden liegenden Gegenstände und blieben dann an den Tampons hängen, die sich im Gras verteilt hatten.

»Das ist der Inhalt Ihrer Handtasche! Wieso werfen Sie den auf die Straße? Und warum nur müssen Frauen immer einen halben Drogeriemarkt mit sich herumschleppen? Kommen Sie, ich helfe Ihnen, ehe wir beide überfahren werden.«

Mit hochrotem Kopf sammelte Eva die Tampons ein, stopfte alles wahllos zurück in die Handtasche. Doch allmählich machte sich Zorn über sein überhebliches Gerede breit.

»Gut kombiniert, Watson. Es war die Handtasche. Aber wenn Sie nicht mit so einem Affentempo um die Ecke gebraust wären, hätten Sie nicht einmal bremsen müssen.«

Der Mann schüttelte den Kopf.

»Seien Sie halt froh, dass meine Reflexe so gut sind, sonst wäre zumindest Ihr Lippenstift plattgefahren. Warum haben Sie überhaupt ihre Tasche auf der Straße verteilt?«

»Absicht war es jedenfalls nicht!«

»Das habe ich mal angenommen. Aber der Konsum«, er warf einen Blick auf die geschlossenen Läden, »hat bereits zu, und ein Picknick wollten Sie wohl kaum machen.«

Jetzt musste Eva lachen.

»Nein, das nun wirklich nicht. Ich habe versucht, Kronen für die Telefonzelle zu finden. Und die letzte Hoffnung war das Geldstück vom Einkaufen. Was soeben versuchte, sich davonzustehlen, als Sie um die Ecke brausten.«

Er warf einen Blick in die Telefonzelle. »Tja, hilft Ihnen aber auch nicht, sieht so aus, als bräuchten Sie eine Telefonkarte.«

Seine Augen, hellblau, blitzten. Seine Haare waren dunkel, leicht gewellt, sie sahen seidig aus, weich, Eva ertappte sich dabei, dass sie sich wünschte, hineinzugreifen, die Strähne zurückzustreichen, die vorwitzig in die Stirn fiel.

Sie riss sich zusammen. »Ach herrjeh, echt jetzt? So etwas habe ich gar nicht, ich bin so selten unterwegs.«

»So etwas brauchen Sie aber, wenn Sie allein mit dem Auto in Schweden herumkurven. Oder aber – Sie haben mich!«

Wie ein Zauberer, der ein Kaninchen aus dem Hut holt, griff er in die Innentasche seiner Lederjacke und reichte ihr mit großer Geste eine Telefonkarte.

»Frisch aufgeladen. Dann wollen wir mal.«

»Wir?«

»Na, es ist schließlich meine Telefonkarte. Und ich kann doch nicht zulassen, dass eine hübsche junge Frau wie Sie noch länger hier allein herumsteht. Wen wollen Sie überhaupt anrufen?«

Kurz war Eva versucht, ihm ›das geht Sie nichts an‹ zu sagen, doch es wurde immer später, zurück konnte sie auf keinen Fall, ein Hotel kannte sie auch nicht, und sie musste unbedingt wissen, warum Sina nicht da war.

Also erzählte sie ihm schnell, was geschehen war und rief Sinas Nummer an. Kurze Zeit später wusste sie, dass ihre Freundin nicht kam, heute nicht, und auch nicht die nächsten Tage, denn sie war morgens mit einer Blinddarmreizung ins Krankenhaus gebracht worden. Drei Tage zur Beobachtung, erst einmal, hatte ihr Peer, der Mitbewohner von Sina, gesagt.

»Und was mache ich jetzt? Die Wohnung ist gebucht, aber ich habe keine Ahnung, wie ich an den Schlüssel komme. Der Besitzer heißt Svensson, aber wo er wohnt …«

»Das kriegen wir schon raus.« Ganz selbstverständlich ging er zum Nachbarhaus, klingelte, verhandelte ein wenig mit der alten Frau, die ihm öffnete, und kam breit grinsend wieder zurück. Dann öffnete er die Beifahrertür seines Fahrzeugs.

»Steigen Sie ein, wir müssen in die Vardagslaan 15, da wohnt er, wenn er mal gerade nicht im Konsum oder in der Kneipe ist.«

Eva blieb stehen, die Handtasche an sich gedrückt.

»Sie sind ja wirklich ein richtiger Detektiv. Aber trotzdem, ich kann doch nicht einfach bei Ihnen einsteigen.«

»Wieso nicht? Ich verspreche Ihnen, ich bin kein Unhold, jedenfalls im Allgemeinen nicht. Ach natürlich«, er schlug sich mit großer Geste die Hand vor die Stirn. »Natürlich können Sie nicht zu mir einsteigen, ehe ich mich nicht vorgestellt habe. Edvard Lundgren, Journalist.«

Eva ergriff die ausgestreckte Hand und musste wider Willen lächeln. Er sah aus wie ein kleiner Lausbub, dachte sie, irgendwie wild und chaotisch, aber schrecklich liebenswert – und kein bisschen gefährlich.

»Eva Almquist. Danke.«

Zehn Minuten später hatte Eva den Schlüssel zu ihrem Ferienhaus, und sie waren zurück am Konsum.

»Möchten Sie noch kurz mitkommen? Es ist zwar nichts da, aber einen Kaffee - schwarz – wird es geben, Kaffee ist immer im Haus. Ein kleines Dankeschön für Ihre Mühen.«

***

Aus dem Kaffee waren zwei geworden, dann hatten sie mit Keksen, einem Sandwich aus Edvards Reiseproviant und einer Flasche Rotwein ein Abendessen improvisiert. Er hatte von seiner Arbeit als Journalist erzählt, von den Reportagen, die er unbedingt machen wollte, und fast unmerklich waren sie vom ›Sie‹ zum ›Du‹ übergegangen. Erst gegen Mitternacht verabschiedete er sich. Eva sah den Rücklichtern hinterher und fühlte sich seltsam beschwingt. Sie hätte tanzen mögen, einfach so. Vorsichtig probierte sie ein paar Schritte. ›Wie schade, dass Aaron nie tanzt‹, dachte sie kurz. Erst da fiel ihr ein, dass sie ihn gar nicht angerufen hatte. Das musste sie morgen als allererstes erledigen. Dann schloss sie energisch die Tür.

Am nächsten Morgen rief Eva Aaron an und erzählte ihm von Sina. Von Edvard erzählte sie nichts. Dann telefonierte sie mit Sina, dankbar dafür, dass das Ferienhaus ein Telefon hatte. Edvard erwähnte sie wieder nicht.

Sie beschloss, einfach zu bleiben. Sinas Blinddarm schien sich wieder beruhigt zu haben, und sie war voller Zuversicht, am Donnerstag nachkommen zu können.

Dann hätten sie immerhin noch ein langes Wochenende zusammen.

Gegen 16 Uhr, Eva hatte sich gerade mit einer Tasse Kaffee und einem Buch in den Garten gesetzt, hörte sie ein Auto, kurz darauf ein Klopfen an der Tür. Erstaunt sah sie auf. Sollte Sina doch schon hergekommen sein? Sie ging zur Tür, öffnete.

Vor ihr stand Edvard, die Schulter gegen den Türrahmen gelehnt.

»Hej!«

Eva starrte ihn an, sah seine blauen Augen, sein weiches Haar, die Strähne, die schon wieder in die Stirn hing.

Sie schluckte, ehe sie antworten konnte.

»Du? Aber hattest du nicht einen Termin?«

»Ich bin auf dem Rückweg. Dachte, ich schau vorbei, ob bei dir alles in Ordnung ist.«

Seine Stimme klang belegt, unsicher.

»Darf ich?«

Er machte einen Schritt auf sie zu. Sie gab die Tür frei und ließ ihn eintreten.

Hektisch strich Eva mit ihren Händen über den bunten Sommerrock, wischte den zarten Moment davon.

»Ich mache uns einen Kaffee. Wenn du dich frischmachen willst, das Bad ist dort.«

Nach dem Kaffee gingen sie gemeinsam zum Strand. Sie liefen über den feuchten Sand, rannten den Wellen davon. Edvard griff nach dem Drachen, den er zuvor aus seinem Kofferraum hervorgezaubert hatte.

»Ein Kinderdrachen. Ich glaube es nicht. So etwas habe ich zum letzten Mal in der Hand gehabt, als ich zehn war.« Eva lachte.

»So etwas sollte man immer dabei haben. Drachen steigen lassen gehört zu den wichtigsten kulturellen Fähigkeiten. Unverzichtbar für Journalisten. Und es öffnet die Herzen so mancher Kinder, wenn ich arbeite.«

Gekonnt ließ er den Drachen in die Luft flattern.

›Nicht nur die Herzen der Kinder‹, dachte Eva, doch sie sagte es nicht.

Als die Schatten länger wurden, sah Eva ihn an. »Danke für den wunderschönen Nachmittag. Vielleicht kann ich mich revanchieren? Ich wollte heute Abend Spaghetti für mich kochen. Magst du noch mit mir essen? Meine Kochkünste sind ganz passabel.«

Kurze Zeit später waren sie zurück im Haus, hungrig und voller Sonnenwärme.

In der Küche holte sie einen Topf aus dem Schrank, legte Nudeln, Tomaten, Hackfleisch bereit.

Er trat zu ihr, sie spürte seine Anwesenheit fast körperlich an ihrem Rücken.

»Eva!«

Sie drehte sich um, sah in seine Augen.

»Ich habe dich angelogen.« Pause. »Ich war gar nicht auf dem Rückweg. Ich …, ich musste dich einfach wiedersehen.«

Schweigen dehnte sich zwischen ihnen. Dann beugte er sich zu ihr, ganz leicht, fragend, streiften seine Lippen die ihren. Eva schloss die Augen, lächelte, hob ihre Hände, um endlich, endlich die Strähne aus seiner Stirn zu streichen.

Viel später, beim Wein auf der Terrasse, erzählte er von seiner Arbeit als Journalist.

»Begonnen habe ich mit kleinen lokalen Aufträgen. Malmö, Göteborg, Midsommar, Elchsichtungen. Aber ich will ins Ausland, ich will Weltgeschichte erzählen, ich will über den Hunger in Afrika und die Korruption in Kolumbien berichten.«

»Da musst du aber ständig unterwegs sein.«

»Oh ja, das will ich auch, ich will raus aus Schweden, aus der Enge hier. Das alles, Eigentum, fester Job, das bedeutet mir nichts. Ich will zu den Ecken der Welt, wo wirklich etwas geschieht. Und ich will, dass die Menschen davon erfahren. Wirst sehen, eines Tages werde ich ein bekannter Journalist, nicht nur ein kleiner Reporter.«

Er beugte sich zu ihr, ergriff ihre Hand.

»Komm mit. Lass uns gemeinsam die Welt entdecken.«

Eva dachte an Aaron und Haakon, an ihr gemütliches Zuhause in Stockholm. Das war ihre Welt, und sie konnte sich keine andere vorstellen.

»Du willst irgendwie alles, das ganz große Leben. Aber ich, ich liebe meine kleine Welt. Ich könnte sie niemals verlassen.«

Edvard blieb auch am nächsten Morgen da.

»Kannst du das denn einrichten?«, fragte sie ihn.

»Ich muss am Donnerstagabend in Malmö sein. Den Auftrag in Ystad habe ich abgelehnt. Also haben wir vier Tage Zeit.«

»Falls Sina nicht vorher kommt«, ergänzte Eva – und bat ihre Freundin in Gedanken für diese Worte um Verzeihung.

***

Am Dienstag früh packte Eva einen Picknickkorb. »Heute gehen wir nicht an den Strand. Ich habe eine bessere Idee.«

»So? Und wohin geht es?«

»Lass dich einfach überraschen.«

Wenig später breitete Eva eine Decke am Ufer eines kleinen Sees aus, der völlig versteckt ein paar Kilometer im Landesinnern lag. Kein Mensch war zu sehen, Blaumeisen zwitscherten in den Birken, die Luft roch nach getrocknetem Moos, Schmetterlinge umflatterten wilde Lupinen, die rosa und blau und weiß die Wiese säumten. Gegenüber am anderen Ufer begann dichter Fichtenwald. Ein kleiner Steg mit einem Boot war das einzige, was an Menschen erinnerte.

»Das ist der Algudsvattnet. Er gehört einem der zahlreichen Freunde von Sina. Hierhin verirrt sich fast nie jemand, egal, wie voll es am Strand ist.«

Sie setzten sich auf die Decke und blickten über die stille Wasserfläche. Dann sprang Eva hoch und zog Edvard mit sich.

»Los, Herr Journalist, jetzt wird geschwommen. Das leckere Essen musst du dir erst mal verdienen.«

»Geschwommen? Aber ich hab' nichts dabei.«

»Ach, und das ist der Auslandsreporter, der nach Afrika und in die Krisengebiete der Welt will? Hat ein Problem, weil er keine Badehose dabei hat?«

Schnell glitt Eva aus ihrem Kleid, ließ BH und Slip ins Gras fallen und lief zum Ufer.

»Los, komm her, es ist herrlich.«

Sie formte eine Schale mit den Händen, füllte sie mit Wasser, lief zurück zu Edvard und spritze ihn nass. Er schüttelte sich.

»He, was soll das? Das ist kalt!«

»Feigling!«

»Na warte!«

Und schon hatte er ebenfalls seine Kleidung abgeworfen und lief ihr nach.

Das eiskalte Wasser ließ ihren Atem stocken, doch bald tobten sie darin herum wie übermütige Kinder, schwammen, tauchten, sprangen vom Steg ins glasklare Nass.

Später rubbelten sie sich gegenseitig trocken, lagen auf der Decke und wärmten sich, jungen Katzen gleich, in der Sonne. Ein Zitronenfalter ließ sich auf Evas Kleid nieder, das achtlos auf der Wiese lag, er schien den geblümten Stoff für eine Blumenwiese zu halten.

»Ist er nicht wunderschön?« Eva flüsterte. »Kannst du dir vorstellen, dass es Menschen gibt, die Schmetterlinge einfangen und aufspießen? Dabei sind sie in Freiheit viel schöner.»

»Aber dann müssen wir es aushalten, dass sie flüchtig sind, dass sie wieder davonfliegen.«

»Ihre Schönheit ist es doch wert, findest du nicht?«

Kurz darauf packte Eva ihren Picknickkorb aus: Fleischbällchen, Gurken, Eier, Brot, zwei Dosen Bier. Zum Nachtisch öffnete sie eine Packung Zimtschnecken.

»Eigentlich backe ich die ja selbst, aber ich bin die letzten Tage gar nicht dazu gekommen.«

»Seltsam, was hat dich nur so abgelenkt?«

»Ach, irgend so ein Journalist.«

Nach dem Essen dösten sie träge in der Sonne. Eva hatte ihren Kopf auf Edvards Bauch gelegt, seine Hände spielten in ihren Haaren.

»Liebst du deinen Mann eigentlich?«

Eva dachte nach.

»Liebe – was für ein großes Wort. Er ist mein Anker, meine feste Burg, mein bester Freund. Ich könnte ohne ihn und Haakon nicht leben. – Ja, ich glaube, ich liebe ihn.«

»Und dennoch schläfst du mit mir«.

Eva richtete sich auf, plötzlich lachte sie, warf die Hände theatralisch in die Luft und wischte damit den Ernst der Frage davon.

»Jetzt bin ich ja auch im Urlaub!«

Sie sprang hoch, lief zum Ufer und ließ sich erneut ins Wasser gleiten.

***

Abends klingelte das Telefon.

»Ja, Almquist hier?«

»Eva, hier ist Sina. Glaub es oder glaub es nicht, ich komme zu dir. Donnerstagabend trinken wir Wein am Strand, ich fahre gegen Mittag los, um sechs Uhr abends hat deine Einsiedelei ein Ende.«

»Oh, ja, dann … ich freu' mich.«

Eva legte langsam auf.

»Das war Sina. Sie kommt Donnerstag.«

Edvard nickte. »Unser letzter Tag also morgen.«

Sie schwiegen beide.

»Wirst du ihr von mir erzählen?«

»Sina? Nein, sie würde es nicht verstehen.«

»Dass du mit mir geschlafen hast?«

»Oh, damit hätte sie kein Problem. Nein, sie würde nicht verstehen, dass ich nicht mit dir mitgehe. Aber wie könnte ich Aaron und Haakon verlassen? Sie sind mein Leben – und du bist der Schmetterling, der in mein Leben hineingeflogen ist. Wie könnte ich einen Schmetterling festhalten?«

***

Ihr letzter Abend. Schweigsam saßen sie auf der Veranda, genossen die Wärme des anderen und spürten doch schon den Schmerz des Abschieds. Eva bemühte sich um einen leichten Ton, als sie sprach.

»Seltsam, ich tanze so gern, doch mit meinen Männern klappt es einfach nicht. Aaron kriegt nicht einen einzigen Schritt hin und du....«

Sie machte eine Pause. Ihre Stimme zitterte ein wenig, als sie weitersprach.

»Ich werde nie erfahren, ob du überhaupt tanzen kannst.«

»Und das macht dir Kummer?«

»Ja, verrückt, nicht wahr?«

Er stand auf, ging ins Haus. Verwundert sah sie ihm nach.

Als er zurückkehrte, trug er etwas in der Hand.

»Komm!« Er ergriff ihre Hand, zog sie mit sich, immer weiter, den kleinen Weg entlang, bis sich der Strand vor ihnen dehnte und das Meer im Mondlicht schimmerte.

Sie setzte sich in den warmen Sand, sah zu, wie er an dem mitgebrachten Gerät herumstellte. Dann erklang leise Musik.

Er stand auf, verbeugte sich vor ihr. »Darf ich Sie um diesen Tanz bitten, Madame?«

Sie lächelte, reichte ihm ihre Hand.

»Aber sehr gern, mein Herr!«

Zu den Klängen der Musik aus dem Radio führte er sie durch einen ChaCha, drehte sie herum, zog sie wieder an sich. Danach kam ein flotter Jive, er stellte den Ton lauter, sie tanzten ausgelassen im Takt der Musik.

Lied um Lied erklang, Tanz um Tanz bewegten sie sich über den Strand. Irgendwann wurde die Musik langsamer, er zog sie eng an sich.

»Would you hold my hand, if I saw you in heaven?«, klagte Eric Clapton, und engumschlungen tanzten sie im Mondlicht am Meer.

Später, am frühen Morgen, als sie sich zum letzten Mal geliebt hatten, fragte Eva ihn mit leiser Stimme:

»Wirst du mich vermissen, wenn du da draußen bist?«

»Wenn ich zurück bin in der Welt, meinst du? Oh ja, ich werde dich sehr vermissen. Aber jedes Meer, und jeder Tanz, und jeder Schmetterling werden mich an dich erinnern.

***

Sina kam am nächsten Nachmittag, Edvard war erst seit wenigen Stunden fort. Sie und Eva verbrachten die verbleibenden Tage gemeinsam, es war wie immer, und doch war alles anders. Eva erzählte nichts von Edvard. Sie fuhr zurück nach Stockholm, zurück zu Aaron, in ihr altes Leben.

Im folgenden Jahr gab es keinen gemeinsamen Urlaub mit Sina, denn Eva war schwanger und konnte nicht reisen. Im Jahr darauf war Lena noch so klein, ein zartes Kind, sie konnte es unmöglich allein lassen. Und danach war der Faden einfach gerissen, es kam nie wieder zu ihrer Mädelswoche.

Manchmal las sie über Edvard in der Zeitung, sah Reportagen im Fernsehen. Er hatte es geschafft, war überall da, wo die Welt Geschichte schrieb.

Und jetzt war er tot, er, der so lebendig gewesen war. Der sie so lebendig gemacht hatte.

***

Eva stellte die Kaffeetasse zurück, erhob sich und begann, den Tisch abzuräumen. Wie es wohl gewesen wäre, an seiner Seite? Wenn sie mitgegangen wäre, mit ihm, hinaus in die große Welt, nach der er sich gesehnt hatte?

Ihr Blick fiel auf das Familienfoto auf dem Sideboard: Aaron, Haakon, Lena, sie, auf einer Schäre vor Stockholm. Das war der Urlaub vor Lenas Einschulung gewesen. Inzwischen hatte ihre Kleine auch schon die Abiturientenmütze getragen, wie doch die Zeit verflogen war.

»Wenn ich mitgegangen wäre«, dachte sie, »dann hätte es das alles nicht gegeben. Undenkbar – wie hätte ich darauf verzichten können?«

Ja, sie war glücklich, jetzt, in diesem Moment. Lächelnd tanzte sie ein paar Schritte durch die Küche. Dann nahm sie das Tablett, ging zurück ins Esszimmer, in dem Aaron noch immer die Zeitung las. Sie beugte sich über ihn, küsste ihn auf den Nacken.

Aaron blickte auf. »Nanu, was ist los«?

»Oh, nichts, mir fiel nur gerade auf: Im April haben wir unseren 30. Hochzeitstag. Ich finde, das sollten wir groß feiern. Wir haben schließlich allen Grund dazu.«

****

Das Blau des Ozeans

Steffi Müller

Der Volvo fuhr auf einer einsamen Landstraße, die den Wald in zwei Hälften teilte. Leise Klänge aus dem Radio hielten Peer wach. Über den Rückspiegel schenkte er seiner schlafenden Tochter ein Lächeln. Die warme Hand seiner Frau ruhte auf seinem Oberschenkel. Sie hatte die Augen geschlossen. Sie schlief nicht, sie döste nur. Die Nacht, die das Auto in Dunkelheit hüllte, wirkte im Schutz des Waldes noch schwärzer. Das schwache Licht alter Laternen durchbrach die Düsternis kaum. Bäume huschten als lange Schatten an ihnen vorüber. Diese angenehme Melancholie endete abrupt, als über die kleine Anhöhe ein Laster auf den Volvo zuraste. Er beschlagnahmte die ganze Breite der Straße. Das Auto, das sich in dieser Nacht auf die Landstraße verirrt hatte, sah der Fahrer des Brummis viel zu spät. Stechender Schmerz in Peers Augen. Er starrte in eine Wand aus Licht. Peer wusste, zu bremsen wäre fatal. Er riss das Lenkrad nach rechts und hoffte, an dem Laster vorbei zu schlittern. Vergeblich. Das Auto schoss durch den Graben auf einen Baum zu. Er hörte die entsetzten Schreie seiner Frau. Auch das weinende Kind, das jäh aus dem Schlaf gerissen worden war. Berstendes Glas. Sein Gesicht brannte. Blech, dass sich unter ihm aufbäumte. Er spürte, wie das Auto kleiner wurde. Klaras Oberschenkel berührte seinen. Dort gehörte er nicht hin. Hände suchten nach Halt und fanden keinen. Als der Wagen gegen den Eichenstamm prallte, wurden sie nach vorn gerissen. Die Airbags schleuderten ihnen so heftig entgegen, dass sie wie Gummibälle zurück in den Sitz gedrückt wurden. Knochen brachen, Blut färbte Kleidung dunkelrot. Die Scheinwerfer waren erloschen. Das Radio hatte aufgehört zu spielen. Das kleine Mädchen hing kopfüber in ihrem Kindersitz.

»Mama, es tut so weh. Wo sind wir? Ich kann nichts sehen. Mama! Mama?«

Acht Jahre später

Anna saß reglos in den Dünen. zwischen zwei Sandhügeln, die ihr Schutz boten. Das Dünengras taumelte träge im Sommerwind und strich sanft über ihre Haut. Sie wandte den Kopf dem Wind entgegen, der von Osten kam und den Duft von Salz und Seetang mitbrachte. Den Geruch von Muscheln, die die Flut an Land gespült hatte. Sie lauschte dem Meer, das zeitlos auf das Ufer schlug. Das ewig gleiche Spiel der Wellen. So launenhaft, so schön. Manchmal sang das Meer. Leise. Besänftigt. Seine Musik, Ouvertüren. Ähnlich denen von Mozart und Bach. Deren Werke hatte ihr Großvater sie auf dem Klavier spielen gelehrt. Sie liebte diesen Ort in den Dünen. Abseits von lärmenden Strandurlaubern, von denen sie wusste, dass diese sie oft neugierig beäugten. Auch wenn sie die Menschen nicht sah, so spürte sie doch ihre Blicke.

Die Sonne begann, sich zum Meer zu neigen. Der Wind strich jetzt kühler über ihre nackten Arme und ließ sie es wissen. Es konnte nicht mehr lange dauern, bis ihre Großmutter kam, um sie abzuholen.

Etwas erregte ihre Aufmerksamkeit, etwas, dass sehr schnell auf sie zu raste. Das Geräusch in der Luft klang in ihren Ohren wie ein langgezogener Pfiff, der immer lauter wurde. Blitzschnell riss sie ihre Arme nach vorn und wehrte mit einem kräftigen Schlag den Ball ab, der es auf ihren Kopf abgesehen hatte. Dumpfe Schritte im Sand. Jemand ließ sich neben ihr in die Dünen fallen. Das war nicht ihre Großmutter, soviel war sicher. Anna roch süßlichen Schweiß und hörte das Keuchen eines Fremden neben sich. So, wie es klang, war es ein junger Mensch. Sie wandte den Kopf in seine Richtung und wartete ab. Der Ball lag vor ihren Füßen.

»Hey, das war knapp. Hab dich echt nicht sehen können.«

Aha, ein Junge.

»Jetzt siehst du mich ja.«

»Was machst du hier, ganz alleine?«

»Wer will das wissen?«

»Der Besitzer des Fußballs.«

Dieses Spiel war Anna zu dumm.

»Hau einfach ab, okay?« Sie warf den Ball in seine Richtung.

»Warum?«

»Darum.«

»Willst du, dass ich mich entschuldige?« Der Junge stand auf, machte etwas umständlich eine Verbeugung und sagte:

»Es tut mir leid, gnädiges Fräulein.« Er ließ sich wieder neben ihr nieder, doch Anna blieb ungerührt.

»Wozu trägst die Brille? Die Sonne ist schon rot und verschwindet sowieso gleich.«

»Geht dich nichts an. Lass mich in Ruhe.«

»Bist du immer so drauf? Kein Wunder, dass du alleine bist.« Der Junge war beleidigt und beschloss zu gehen, als eine ältere Frau auf sie zukam und freundlich lächelte.

»Oh, ich sehe unsere Anna hat Besuch an ihrem Lieblingsplatz bekommen.«

»Lass uns nach Hause gehen, Oma. Mir ist kalt.«

»Aber natürlich, meine Kleine.«

»Ich bin nicht klein. Nenn mich nicht so!« Anna fühlte diese Peinlichkeit bis ins Mark. Wie konnte ihre Großmutter nur so unbedacht sprechen.

»Anna also, ja? Ich bin Philipp.«

»Schön für dich.« Anna drehte sich um und ging. Sie kannte den Weg. Sie würde auch allein zurück auf den befestigten Steg finden. Sie ließ sich nur ihrer Großmutter Gerda zuliebe von ihr heimführen. Als Anna jünger war, hatte sie so lange geübt, bis sie Beschaffenheit des Bodens und die Entfernung vom Haus genau einschätzen konnte. Heute war sie in der Lage, die kleine Kuhle in den Dünen problemlos zu finden. Doch die alte Dame war stets bemüht, dem Kind das Leben so angenehm wie möglich zu machen.

Alles ist erreichbar, pflegte ihr Großvater Willi stets zu sagen, wenn Anna wieder einmal verzagte, weil ihr etwas nicht auf Anhieb gelang.

Der Abend legte sich über das kleine Fischerdorf und schickte den Tag zur Ruhe. Der Himmel war inzwischen tiefblau, als die Großmutter und ihre Enkelin das rote Backsteinhaus mit dem Reetdach erreichten. Anna war ein ruhiges Kind. Sie plapperte nicht, wie andere Teenager, den ganzen Tag drauf los. Sie war eine schlaksige Dreizehnjährige mit braunen Locken, die ihr bis auf die Schultern reichten. Ihre blinden Augen versteckte sie hinter der dunklen Brille, die sie nur im Haus abnahm. Seit einiger Zeit zierten Sommersprossen ihre kleine Nase, die Anna noch nie gesehen hatte. Auch ihr Körper begann sich zu verändern. Kleine Wölbungen unter dem T-Shirt verrieten ihr, dass ihre Brüste zu wachsen begannen. Wenn sie in ihrem Zimmer allein war, betastete sie manchmal vorsichtig ihren Körper und staunte über das, was mit ihr geschah.

***

Am nächsten Morgen wurde Anna vom Geschrei des Hahns geweckt, als Willi die Hühner fütterte.

»Blödes Vieh«, murmelte Anna. Mit einem Satz war sie aus dem Bett und zog die Sachen an, die Gerda für sie auf dem kleinen Hocker zurechtgelegt hatte. Alles in diesem Raum hatte seinen Platz. Dies war ihre vertraute Welt, sich nicht veränderte. Hier wohnte sie, seit sie nach dem schrecklichen Unfall zu den Großeltern gekommen war.

Anna verließ ihr Zimmer im Obergeschoss. Acht Stufen nach unten, dann nach links und sie stand in der Küche. Sie hörte Gerda in der Pfanne schaben und sog den Geruch von Rührei und frischen Brötchen ein.

»Guten Morgen, Oma.«

»Guten Morgen, mein Herz. Setz dich hin. Die Brötchen sind noch warm.«

»Ferien sind wunderbar.«

Willi kam mit der Tageszeitung in der Hand herein und ließ sich neben seiner Enkelin nieder.

»Das wird ein schöner Tag. Die Sonne hat schon Kraft.« Er wandte sich an Anna.

»Was hat mein Sonnenschein heute den ganzen Tag so vor?«

»Mal sehen. Ich muss das neue Stück üben. Du weißt schon, die Mondscheinsonate.«

»Irgendwann wirst du sie alle an die Wand spielen.«

Während er so sprach, tätschelte er Anna die Hand. Als Fünfjährige, nicht lange nach dem Unfall, hatte er sie an das Klavier gesetzt. Damals wusste er sich keinen anderen Rat, als das Kind mit Musik von ihrem Elend abzulenken. Die Ärzte hatten vergebens versucht, ihr Augenlicht zu retten. Zu viele winzige Glassplitter hatten sich in ihr Gesicht und in ihre Augen gebohrt. Und während die Großeltern um Klara und Peer trauerten, bemühte sich Willi darum, Anna beizubringen, die Welt mit den Händen zu ergründen. Er selbst hatte als Kind im Krieg den Vater verloren und war damals vor Kummer in die Musik geflüchtet. Warum also sollte das nicht auch bei seiner Enkelin funktionieren? Ihr anfänglicher Widerstand war bald verflogen, als sie begann, dem Großvater beim Spielen zuzuhören. Eines Tages setzte sie sich zu ihm auf den Klavierhocker und klopfte den Takt mit ihren schlanken Fingern auf ihrem Schoß. Da begann für Willi die eigentliche Aufgabe. Mit sehr viel Geduld legte er Annas Finger auf die Tasten. Wieder und wieder. Er summte die Noten und erklärte sie ihr. Das spornte sie an. Eines Tages, es war an einem Sonntag im Mai, spielte Anna die erste zusammenhängende Melodie. Ihr Gehör war inzwischen so geschärft, dass sie ihre Augen beim Spiel nicht mehr vermisste.

***

Anna schloss das Gartentor und machte sich auf den Weg zu ihrem Platz in den Dünen. Sie pfiff noch die Sonate vor sich hin, die sie drei Stunden lang geübt hatte. Die Stimmen der Strandbesucher waren so weit entfernt wie immer. An den Schreien der Möwen draußen über der Flut konnte sie hören, dass sie satt und zufrieden waren. Grillen zirpten, der Wind summte leise, das Lachen der Kinder unten am Strand und das vertraute Rauschen der Wellen. Doch etwas Fremdes mischte sich in all das Schöne, Vertraute. Etwas war heute anders. Anna spitzte ihre Ohren. Sie war sich sicher, dass sie nicht allein war. Sie blieb stehen und fühlte deutlich, dass sie beobachtet wurde. Wollte sie irgendwer erschrecken?

Hitze durchströmte sie. Sollte sie lieber zurücklaufen? Ihr Zögern jedoch war längst bemerkt worden und eine Stimme rief:

»Na endlich. Ich dachte schon, du kommst heute nicht.«

Anna war erleichtert. Schließlich ging sie weiter und ließ sich neben Philipp nieder. Irgendetwas in ihr fand es eigenartig angenehm, dass er wieder da war.

»Woher wusstest du, dass ich kommen würde?«

»Eigentlich wusste ich es nicht.«

»Wieso bist du dann hier?«

»Hatte Langeweile.« Niemals hätte Philipp zugegeben, dass ihn dieses seltsame Mädchen, dass sich so raubeinig gab, interessierte.

Anna dachte kurz nach. »Also heute kein Fußball?«

»Heute nicht. Bin erkältet«, beeilte er sich anzufügen.

Darauf gab es nichts zu erwidern. Annas Gesicht zierte wieder diese Sonnenbrille, die ihr ein wenig zu groß war. Der Junge nahm seinen Mut zusammen und stellte ihr die Frage, die ihm keine Ruhe ließ.

»Was ist mit deinen Augen?«

»Ein Unfall. Ich will nicht darüber sprechen.«

Philipp suchte nach Worten. Er fühlte sich plötzlich unbehaglich. Er wollte ein Gespräch führen, wusste aber nicht recht, womit er ihre Aufmerksamkeit gewinnen konnte.

Anna legte sich ins Gras zurück und bat:

»Erzähl mir, was du am Himmel siehst.«

Das war einfach. Er rückte näher heran und blickte in das Blau über ihm.

»Genau über uns hängen Wolken. Sie sehen aus wie dicke Kopfkissen. Dahinter steht die Sonne. Sie spiegelt sich im Wasser. Ein Flugzeug hat eine lange Spur am Himmel gezogen.«

»Ja. Ich höre es noch, obwohl es schon weit weg ist.«

»Dann sind da noch die Möwen. Sie kreisen über den Köpfen der Leute, die am Strand herumspazieren.«

»Sie warten auf Futter. Irgendwer füttert sie immer.« Anna lachte. »Erzähl weiter. Was siehst du noch?«

»Am Horizont ziehen auch Wolken. Viel dunkler als die Kopfkissen. Ich glaube, sie bringen Regen.«

»Regen? Wo es gerade so spannend ist!«

»So ist das halt mit dem Wetter«, war die Antwort, die ziemlich altklug klang.

Es ging wie von selbst. Annas neuer Freund beschrieb ihr alles, was am Strand und um sie herum geschah. Er sprach von dem Windsurfer, der in der Ferne vorbei rauschte, von dem Hund, der versuchte, den Ball eines Kindes zu fangen und von dem Liebespaar, dass eng umschlungen an ihnen vorüber trödelte. Ein zufriedenes Lächeln umspielte Annas Mundwinkel, während sie Philipps Erzählungen lauschte. Der Junge sah sie dabei lange an. Völlig unvermittelt machte der Vierzehnjährige eine Entdeckung: Sie sah die Welt jetzt durch ihn. Und das machte ihn stolz. Er wusste, er hatte einen Draht zu ihr gefunden.

Die Zeit verging. Die Sonne verschwand hinter den grauen Wolken, die rasch nähergekommen waren. Da hörte Anna auch schon Gerdas Stimme rufen.

»Anna, Kind. Wo bist du?«

Die beiden Teenager sahen sich erschrocken um. Wenn Gerda über Philipps Anwesenheit erstaunt war, so ließ sie sich nichts anmerken.

»Komm nach Hause. Willi sagt, ein Sturm zieht auf.«

Anna stöhnte. Heute wollte sie nicht einfach weg. Sie suchte Philipps Hand, drückte sie zum Abschied und stand dann auf.

»Morgen?«, hörte sie ihn fragen.

»Ja, morgen.« Dann stapfte sie zum Steg und ließ sich nach Hause führen. Philipp sah ihnen nach, bis die ersten Tropfen fielen.

Er klopfte sich den Sand vom T-Shirt, schüttelte sich das Gras aus dem Haar und begann zu laufen. Bis zum Ferienhaus, dass seine Eltern gemietet hatten, waren es nur ein paar Minuten.

***

»Was ist mit deinen Händen geschehen?« Philipp starrte auf ihre geschwollenen Finger, als sie sich am nächsten Tag wieder am Strand trafen.

»Ach nichts. ... Ist vom Üben. Nicht weiter schlimm.«

»Passiert das oft?«

»Nein. Ich habe es heute Morgen wohl etwas übertrieben.«

»Immer noch der Beethoven?«

»Ja. Ich komme über einen bestimmten Satz nicht hinaus. Ich verspiele mich immer an der gleichen Stelle. Das nervt.«

»Wenn du dich so schindest, kannst du irgendwann gar nicht mehr ...«. Weiter kam er nicht, Anna fiel ihm ins Wort.

»Ja, Oma Gerda!« Beide prusteten los. Sie lachten, bis ihnen die Luft knapp wurde. Philipp hatte plötzlich eine Idee.

»Ich würde dir gern mal zuschauen, wenn du Klavier spielst.«

»Warum?«

»Naja, nur so.«

Anna überlegte, ob sie ihn einladen sollte.

»Das könntest du. Am nächsten Sonntag spiele ich im Kurhaus. Ein Wettbewerb für junge Nachwuchskünstler.«

»Okay. Ich werde da sein.«

Philipp war zufrieden. Obwohl er sie am Anfang für eine blöde Zicke gehalten hatte, fand er das blinde Mädchen nun echt okay. Sie konnte wunderbar zuhören, war lustig und musikalisch. Alles das, was Philipp daheim vermisste. Er kam gern hierher. Mit Anna machte der Urlaub auf der Insel richtig Spaß.

»Philipp?«

»Ja.«

»Lass mich dein Gesicht berühren.«

»Was? Warum?«

»Ich möchte wissen, wie du aussiehst.«

»Und das kannst du mit den Händen herausfinden?«

»Ja.«

»Glaub ich nicht.«

»Lass es mich dir zeigen.«

Philipp erwiderte nichts. Das nahm Anna als ein Ja auf. Sie drehte sich zu ihm und begann, mit den Händen seinen Kopf abzutasten. Philipps Haare waren kräftig.

»Du hast Locken.«

»Ja, braune. So wie du.« Ihre Finger tasteten sich über seine Stirn zur Nase vor. Dann die Wangen entlang. Er hatte Grübchen. Anna bohrte ihre Finger dort hinein.

»Lass das!«

Das Kichern der beiden verhallte in der warmen Sommerluft. Aber Anna war noch nicht fertig. Seine Lippen fühlten sich schmal an. Seine Ohren standen leicht ab und sein Kinn war rundlich.

»Verrat mir die Farbe deiner Augen.«

»Blau.«

»Hmm. Gut, ich glaube, ich habe jetzt ein Bild von dir. Du bist nicht der hübscheste Junge, aber ganz passabel.«

»He, was soll das heißen?«

Plötzlich überkam es ihn. Er griff nach ihr und kitzelte sie durch. Anna jauchzte und quietschte und rang nach Luft.

»Aus, aus! Es reicht! Ich nehme es zurück.«

»Dein Glück.« Er ließ von ihr ab und fühlte sich irgendwie …, so …, er konnte es nicht sagen.

*****

Der Sonntag kam. Im Kurhaus tummelten sich bereits viele Gäste. Lautstark wurde begrüßt, zugeprostet, gelacht und geplappert. Ein riesiger Ameisenhaufen aus aufgeregten Besuchern. Philipp schwitzte. Die kleine Fliege unter dem Hemdkragen störte ihn sehr. Doch für Anna ertrug er es. Auch seine Eltern hatten sich herausgeputzt. Nachdem seine Mutter vom Wunsch ihres Sohnes, ein Kurkonzert zu besuchen, zunächst völlig überrumpelt worden war. Bis dahin hatte sie keine Ahnung gehabt, dass Anna überhaupt existierte. Für Frau Schütz war der Besuch eines Konzerts ein Drama. Schließlich sei man auf einer Insel und Abendgarderobe habe man im Strandurlaub nun mal nicht dabei. Sie lamentierte und gestikulierte. Schließlich reagierte Philipps Vater. Der einfühlsame Ehemann nahm sie bei der Hand und verfrachtete sie in den Familienschlitten. Er fuhr mit seiner Gattin in die Inselhauptstadt und kaufte ihr ein neues Kleid. Nachtblau mit Silberfäden. Es passte hervorragend zur Farbe ihrer Augen und ihr Mann war ganz entzückt.

»Was habe ich doch für eine wunderschöne Frau.« Sie bedankte sich mit einem liebevollen Blick und einem Kuss auf die Wange, was bei der Verkaufsdame ein tiefes Seufzen hervorgelockt hatte. Bei dieser Gelegenheit kauften beide noch ein weißes Hemd und eine schwarze Fliege aus Samt für Philipp.

Nun standen sie in der großen Eingangshalle, mischten sich unter das Ameisenvolk und genossen ihre Getränke. Sekt für die Eltern, einen Orangensaft für Philipp. Bald schon ertönte der erste Gong und die Besucher begaben sich in den Theatersaal. Geraune und Gemurmel füllte den Raum, während die Gäste ihre Sitzplätze suchten. Hinter dem Vorhang spielte das Orchester sich ein. Minuten später wurde die Tür geschlossen, das Licht ging langsam aus und Ruhe trat ein. Philipp musste viel Geduld haben, denn Anna hatte mit der Nummer zehn den letzten Startplatz.

Als sie die Bühne betrat und sich an den Flügel setzte, schlug in Philipps Brust ein wildes Herz. Seine Freundin spielte göttlich. Versunken in einer Welt aus Tönen, die sie dem schwarzen Flügel entlockte, der im Licht der Scheinwerfer golden glänzte. Geschmeidig wiegte sich ihr Körper im Takt von Mozarts Noten. Die Sonate Nummer 11 in A-Dur, die Wolfgang Amadeus im 18. Jahrhundert in Wien geschrieben hatte. Als der letzte Ton im Saal langsam verhallte, war das Publikum so fasziniert, dass es einen Moment lang still verharrte, bevor ein Jubelsturm mit lautem Klatschen und kurzen Pfiffen losbrach. Gäste erhoben sich von ihren Plätzen während Bravo-Rufe durch den Saal hallten. Phillip war er ebenso gerührt, wie das übrige Publikum im Saal. Er wünschte sich so sehr, Anna möge den Wettbewerb gewinnen. Erst jetzt fiel ihm das himmelblaue Kleid auf, dass sie trug. Ihr Haar war kunstvoll nach oben gesteckt und mit glänzenden Spangen gehalten. Das Mädchen, dass dort auf der Bühne stand, hatte nichts mehr gemein mit der frechen Göre aus den Dünen.

Der Moderator, der jeden Bewerber mit viel Tamtam angekündigt hatte, schickte das Publikum nun in die Pause. In dieser Zeit würde ein Expertenteam den diesjährigen Sieger wählen.

Zwanzig Minuten verstrichen, bevor der Saal wieder geschlossen wurde. Das Orchester spielte Julius Fuciks 'Einmarsch der Gladiatoren' aus dem Jahre 1899. Der Moderator sprach jetzt in feierlichem Ton, dankte den Musikern im Orchester, lobte die Bewerber und vergaß auch die Organisatoren der Veranstaltung nicht. Schließlich war es soweit.

»Nun kommen wir zur Preisübergabe. Den dritten Platz belegt in diesem Jahr Jacob Bender aus Magdeburg. Herzlichen Glückwunsch.« Jacob kam auf die Bühne. Ein hochgewachsener, spargeldünner Vierzehnjähriger mit struppigen Haaren. Er nahm seinen Preis und einen Strauß Blumen entgegen. Unter großem Applaus bedankte er sich artig beim Publikum mit einer Verbeugung und verschwand dann wieder hinter dem Vorhang.

»Der zweite Platz geht an eine junge Dame mit beachtlichen Ambitionen. Sie träumt von einer großen Solokarriere. Und das darf sie auch.« Philipps Nervosität stieg. Würde der Mann dort vorn jetzt Annas Namen nennen? Der zweite Platz wäre doch super.

»Wir beglückwünschen Nora Kant zum zweiten Platz.«

Philipp war nervös. Er rutschte auf seinem Stuhl unruhig hin und her. Seine Hände schwitzten. Er wusste, jetzt galt es: alles oder nichts.

»Meine lieben Gäste. Seien Sie nun gespannt auf den diesjährigen Sieger unseres Wettbewerbs.«

Das Orchester spielte einen Tusch. Ein Adrenalinstoß trieb Philipp Schweiß auf die Haut.

»Der Sieger ist eigentlich eine Siegerin. Ein ganz besonderes Mädchen. Sie hat unter großen Mühen eine tadellose Leistung abgeliefert und gewinnt zu Recht den Wettbewerb für junge Nachwuchskünstler. Begrüßen Sie mit mir noch einmal Anna Lindner.«

Der Mann auf der Bühne klatschte, als sie die Bühne betrat. Philipp hielt es nicht mehr auf seinem Stuhl. Er sprang auf und schickte seine Jubelrufe über unzählige Köpfe hinweg zur Bühne. Er wusste, sie würde ihn nicht hören. Sie verbeugte sich mehrmals und setzte sich dann wieder an den Flügel. Noch einmal spielte sie die Sonate, die ihr den Sieg gebracht hatte.

**

»Gestern war echt klasse.«

»Ja, ich habe es endlich geschafft. Das war schon meine dritte Teilnahme. Und immer war ich nur die Zweite.«

Während Anna sprach, drückte Philipp ihr eine ziemlich große Muschel in die Hand.

»Mein Geschenk für dich.«

»Dankeschön.« Annas Finger glitten über die Oberfläche. Sie war rau und ein paar Seepocken hatten sich darauf angesiedelt, um sich von Tang und Algen, die die Muschel mit sich trug, zu ernähren. Irgendwann waren sie untrennbar miteinander verwachsen. Als die Muschel starb, starben auch die Seepocken.

»Ich wusste gar nicht, dass es hier so große Muscheln gibt.«

»Ich habe sie ausgegraben. Ziemlich weit draußen im Watt. Mein Vater und ich waren vor ein paar Tagen mit einer Schaufel los, nachdem andere Urlauber ihm verraten hatten, wo man fündig wird. Und meine Mutter will unbedingt die allergrößte Muschel mit nach Hause nehmen.« Er verdrehte die Augen.

»Für die Terrasse, hat sie gesagt. Und diese hier habe ich für dich behalten.«

»Sie ist wunderschön.«

Als sei es die normalste Sache der Welt, machte sich Philipp wieder daran, ihr zu beschreiben, was er sah.

Es war Ebbe. Das Watt wimmelte jetzt von Menschen, die sich auf dem sandigen, feuchten Boden bewegten. Ihm fiel auf, dass die meisten barfuß unterwegs waren. Der Wind trug so manches ›Ihh‹ und ›Igitt‹ zu ihnen herüber. Nicht jeder fand den klebrigen Meeresboden auf der Haut so toll. Er sah auch Kinder, die mit Schaufel und Eimer ganz unbedarft herumbuddelten und offensichtlich auf Schatzsuche waren. Eine Gruppe Wattwanderer hatte Kurs auf die Nachbarinsel genommen. Sie waren nur noch als schwarze Punkte am Horizont erkennbar.

Anna lauschte begierig auf Philipps Worte, ohne ihn zu unterbrechen. Sie malte sich das bunte Treiben im

Watt in ihrer Fantasie aus. Sie erzählte ihm nicht, wie sehr sie sich wünschte, dabei sein zu können. Auch wenn sie mit ihrer Blindheit gut zurechtkam, so gab es doch Dinge, die ihr verwehrt blieben. Und das machte sie oft traurig.

***

Die Tage vergingen. Der Sommer hatte alle Register gezogen, verwöhnte die Menschen auf der Insel mit Sonne satt und sorgte für gute Laune. Für die beiden Teenager war dieser Sommer zu etwas Besonderem geworden. Sie trafen sich täglich am Nachmittag an ihrem gewohnten Platz und taten, was man in den Ferien so tut. Nichts! Sie lagen im Gras, kauten auf den Halmen herum, und Philipp starrte dabei unentwegt in den Himmel. Sie alberten herum, erzählten sich Witze und Episoden aus der Schule.

»Hey, kennst du den? Mein Lehrer weiß gar nichts. Ständig fragt er mich.« Annas Lachen war erfrischend und steckte an.

Dann kam der Tag, den der Junge nie vergessen würde. Anna war an diesem Tag früher an ihrem einsamen Ort. Als ihr Freund dazu stieß, merkte er sofort, dass sie heute nicht dieselbe war. Sie lachte ihm nicht wie sonst entgegen, als sie seine dumpfen Schritte vernahm, sondern sie blieb reglos und es schien ihm, als hätte sie geweint.

»Was ist passiert?«

Sie schwieg und Philipp wartete ab. Es kam ihm wie eine Ewigkeit vor, bis sie endlich den Kopf in seine Richtung drehte und leise, mit zittriger Stimme sagte:

»Es ist heute auf den Tag genau acht Jahre her.« Pause. Sie musste sich sammeln.

»Willst du es mir erzählen?« Wieder schwieg sie eine Weile, bis sie endlich mit dem Kopf nickte.

»Ja, obwohl ich mich nur an Bruchstücke erinnere. Ich war ja erst fünf. Wir sind auf dem Heimweg vom Urlaub gewesen. Ich weiß noch, dass wir lange im Stau gestanden hatten. Mir war nämlich irre langweilig. Dann ging es endlich weiter und ich bin eingeschlafen. Dann weiß ich nur noch, dass das Auto sich im Kreis drehte. Dass es furchtbar holprig war und laut. Ich habe Mama schreien gehört. So richtig konnte ich das nicht begreifen. Aber dann flog plötzlich alles durcheinander. Es brannte alles. Meine Haut, mein Gesicht, am schlimmsten meine Augen. Ich konnte mich nicht bewegen. Ich hatte große Angst. Dann war es ruhig. Ich habe geweint und nach Mama gerufen. Sie hat nicht geantwortet. Sie konnte es nicht mehr.«

Philipp starrte sie entsetzt an. Er sah die Tränen, die sich am Rand der dunklen Sonnenbrille sammelten und dann als kleine Rinnsale Annas Wangen hinab liefen. Wie sie auf ihr T-Shirt tropften, und der Stoff sie begierig aufsaugte. Nasse Flecken, die so viel Kummer bargen. Tränen, die ihr ganzes Leid aus dem Körper zu spülen versuchten und es doch nicht konnten. Vorsichtig legte er seinen Arm um ihre Schultern und zog sie zu sich. In diesem Moment war er ihr Retter, ihr Tröster, ihr Vertrauter, ihr Freund. Anna weinte hemmungslos, tränkte auch sein Shirt mit dem salzigen Nass. Und Philipp hielt sie, strich ihr sanft über den Rücken und saß still, bis sie sich langsam beruhigte. Er stellte keine

Fragen mehr. Er war einfach für sie da. Was hätte er auch sagen sollen? Das Geschehene ließ sich nicht ändern.

»Weißt du, was das Schlimmste ist? Dass die Leute stets behaupten, die Zeit würde alle Wunden heilen. Aber das stimmt nicht. Manche Dinge tun einfach immer weh. Das hört nie auf. Alle meine Fragen. Und niemand ist da, der antworten kann. Sie haben mich allein gelassen.«

»Aber du bist nicht allein. Deine Großmutter ist wunderbar. ... Und jetzt hast du auch noch mich.«

Philipp wischte ihr mit der Hand die Tränen weg und zog sie wieder zu sich heran. Er ließ seinen Arm um ihre Schulter liegen und wusste irgendwie, dass sie noch etwas bedrückte. Etwas war da noch, was Anna loswerden wollte. Doch sie schwieg.

***

Gerda begleitete ihre Enkelin bis hin zum Platz in den Dünen. Sie hatte für die beiden Teenager einen Picknickkorb gepackt und die alte, karierte Decke zusammengerollt. Im Korb befanden sich eine Dose mit selbst gebackenem Kuchen und eine Flasche Erdbeermost, sowie Becher und Servietten.

»Jetzt komme ich mir vor wie Rotkäppchen.«, hatte Anna bemerkt. Doch Gerda ließ sich nicht beirren. Sie breitete die Decke aus und stellte das kleine Kofferradio an, was sie gerade aus dem Korb hervorholte, als Philipp auftauchte. Gerda machte mit der Hand eine einladende Geste und verabschiedete sich dann. Philipp war, als hätte die alte Dame ihm beim Vorbeigehen zugezwinkert. Dann war sie auch schon weg. Es wurde wieder ein lustiger Nachmittag, diesmal mit Musik und dem Bauch gefüllt mit Kuchen. Anna mochte diesen Jungen, den sie kaum kannte. Er war so anders als die blöden Kerle in der Schule. Er spürte, wenn sie traurig war und lachte mit ihr, wenn sie vor lauter Übermut wieder irgendwas Albernes sagte. Er wusste, wann sie einen Freund zum Zuhören brauchte und wann sie lieber still blieb. Philipp war ein guter Geschichtenerzähler. Das sollte sie auch bald herausfinden. An diesem Nachmittag offenbarte sie ihm ihre Angst:

»Als ich noch klein war, sind wir oft hierher zu den Großeltern gefahren. Selbst im Winter. Wir haben lange Spaziergänge gemacht und ich konnte das Meer sehen. Mit all seinen Farben, die sich ständig veränderten. Mama hat mir viel erklärt. Und ich habe in der Gischt alles Mögliche gesammelt. Muscheln, Steine, Federn von den Möwen, alte Flaschen und komisch geformtes Holz. Einmal haben wir sogar Bernstein gefunden. Der Ring, den Mama sich daraus fertigen ließ, liegt jetzt in einer Schatulle in meinem Zimmer.«

Über ihnen tanzte ein Drachen im Wind und schlug Purzelbäume. Das andere Ende der Schnur lag in der Hand eines kleinen Jungen, vielleicht sechs Jahre alt, der auf den Schultern seines Vaters saß.

»Und nun verschwindet alles. Meine Erinnerungen werden blasser. Gerda spricht manchmal über Dinge, an die ich mich kaum noch entsinnen kann. Alles scheint so weit weg. Am Schlimmsten ist es, dass ich die Farben verliere. Sie lösen sich auf. Der Ozean, er war für mich das Schönste. Sein wunderbares Blau, wenn die Sonne darauf schien. Der Himmel, der sich mit seinen hellen Tönen nahtlos anschloss. Jetzt scheint alles nur noch grau und grauer. Das macht mir Angst. Eines Tages gibt es in meinem Kopf keine Farben mehr. Was soll ich bloß dagegen tun?«

»Ich weiß es nicht, Anna.« Philipp kam sich hilflos vor. Er hätte ihr gern einen Rat gegeben, doch ihm fiel nichts ein. Was sollte man auch machen, wenn man die Welt nicht mehr sehen konnte?

***

Am nächsten Tag beeilte sich Philipp, um den vertrauten Platz in den Dünen zu erreichen. Sein Herz war voller Zuversicht. Er hatte sich am Abend zuvor mit seinem Vater beraten, wie Anna zu helfen wäre. Und sein Vater hatte eine tolle Idee gehabt.

»Denk dir Geschichten aus, Philipp. Male ihr die Welt bunt mit deinen Worten. Du schaffst das bestimmt. Da bin ich ganz sicher.«

Ja, das würde er tun. Abends im Bett hatte er darüber nachgedacht, womit er beginnen sollte, bevor die Müdigkeit ihn sanft aber beharrlich in die Traumwelt schickte.

***

Und dann reisten sie. Über alle Meere, durch Stürme und tosende Wasser. Philipp schuf eine Welt, die nur sie beide betreten konnten. Sie trotzten jedem Wetter und jeder Gefahr. Er brachte sie beide in ein Reich aus Farben und Fantasie, erfand immer neue Abenteuer. Egal, wie schwer die Prüfungen waren, die sie bestehen mussten, Anna war stets seine Heldin in all seinen Geschichten. In seiner Stimme lag ein Zauber, der ein feines Netz aus Träumen spann. Sie flogen mit einem kleinen Elfenjungen, der auf den Namen Peter hörte, hinaus über das Meer zu einem Schiff, dessen Käpt`n seine Enterhakenhand zum Himmel empor reckte und wilde Flüche ausstieß. An einem anderen Tag kämpften sie an Störtebekers Seite gegen Piraten und gewannen jede Schlacht. Sie entdeckten eine unbekannte Insel, die sie 'Robinson Island' tauften und beschlossen, hier etwas länger zu verweilen. So bauten sie an einem Freitag eine Hütte aus Ästen und Lehm, in der sie lebten. Auf jener Insel trafen sie auf riesige Wasserschildkröten, die sogar sprechen konnten und ihnen von dem kleinen Clownsfisch erzählten, der sich in einem Fischernetz verfangen hatte.

Sie machten sich auf, den kleinen Fisch zu befreien und ihn zurück zu seinem Vater zu bringen. Sie entdeckten den Reichtum der legendären Schatzinsel und schenkten ihn einem Mädchen mit dem schönen Namen Momo, damit es sich Zeit kaufen konnte. Eines Tages fiel ein Haus vom Himmel auf ihre Insel und heraus purzelte ein blondes Mädchen mit dicken Zöpfen, das Dorothy hieß. Ständig sang sie das gleiche Lied, bis auch Philipp und Anna es trällern konnten: ›Somewhere over the Rainbow‹. Wenn sie im Meer schwammen, das in der Sonne silbrig glitzerte, begegneten sie dann und wann einer Meerjungfrau, die sich in einen Menschenprinzen verliebt hatte. Sie schwammen mit ihr um die Wette und waren einfach glücklich.

Philipp lag neben Anna auf der karierten Decke und manchmal schien es, dass seine Fantasie mit ihm durchging. Dann lachte das Mädchen sich kringelig und hielt ihm den Mund zu.

»Jetzt übertreibst du es aber gründlich.«

»Aber es könnte doch so passieren, oder nicht?« Sie lachte und lachte, bis er sie wieder kitzelte und ihr Geschrei vom Wind bis hinunter zum Strand getragen wurde. An dem Tag tat Anna etwas, womit Phillip nie gerechnet hätte. Sie nahm sein Gesicht in ihre Hände und küsste ihn auf den Mund. Ganz zart berührten sich ihre Lippen. Nur einen Augenblick lang. Einen Augenblick, den der Junge niemals vergessen würde.

***

Die Ferien neigten sich dem Ende, und Philipps Mutter hatte begonnen, die Koffer für die Rückreise zu packen. Die beiden Teenager sprachen nicht über dieses beklemmende Gefühl in ihrer Brust. Sie wollten dem Tag, der Abschied hieß, noch nicht begegnen. Doch die Zeit lief unaufhörlich weiter.

Für den letzten Tag hatte sich Philipp etwas Besonderes ausgedacht. Er wollte Anna nicht nur seine Tagesgeschichte erzählen, er wollte, dass sie mittendrin ist. Sie sollte sie hören und erleben.

»Komm mit. Ich möchte dir etwas zeigen.«

»Wohin?«

»Hinunter zum Strand.«

Anna erschrak. Das wollte sie nicht. »Nein, Philipp. Dorthin gehe ich niemals.«

»Ich weiß. Aber jetzt bin ich ja bei dir. Vertrau mir, es wird dir nichts passieren.«

Das laute Wummern in ihrer Brust warnte sie. Seit langer Zeit hatte sie den Strand nicht betreten. Zu viele schmerzhafte Erinnerungen hingen dort unten fest. Und Gerda hatte ihr verboten, allein dorthin zu gehen. Die alte Dame witterte überall Gefahren für das Einzige, was ihr von ihrem Sohn geblieben war. Anna hatte sich immer daran gehalten. Doch jetzt, mit Philipp an ihrer Seite …. Hin und her gerissen zwischen Aufregung und Neugier gab sie schließlich nach.

»Halt mich fest, Philipp.« Sie suchte seine Hand und ließ sich führen. Behutsam gingen sie durch die Dünen hinab auf den hellen Strand zu. Die Rufe der Möwen kamen näher. Jetzt konnte sie die Worte der Menschen verstehen, hörte ihr Lachen aus nächster Nähe. Sie fühlte den weichen, warmen Sand zwischen ihren Zehen. Oh, wie hatte sie das vermisst. Ein Hochgefühl trug sie vorwärts. Mutig schritt sie jetzt voran. Das Rauschen des Meeres kam näher und näher. Die Hand, die sie hielt, führte sie geschickt zwischen Liegen, Decken und spielenden Kindern hindurch. Schon wurde der Sand feuchter und kühler. Erste kleine Wellen erreichten ihre Füße. Sie drehte ihren Kopf zu Philipp hinüber, damit er ihre Freude sehen konnte. Wieder schlug ihr Herz wild in der Brust, dieses Mal vor Glück. Sie setzten sich in das seichte Wasser, die Beine ausgestreckt. Der Sommerwind verfing sich in ihren Haaren, und das laue Wasser, das sie sanft umspülte, ließ ihre Haut prickeln. Philipp begann seine heutige, seine letzte Geschichte.

»Weit draußen auf dem tiefblauen Ozean, dort, wo sich die Wellen brechen …«. Anna tat einen tiefen Atemzug und ließ sich von dem Jungen an ihrer Seite forttragen, hinaus in die Welt, die für eine Zeit wieder bunt war und wunderschön. Das Blau des Ozeans, das Rot der glühenden Abendsonne, das Grün saftiger Wiesen, das Gelb von blühendem Raps. Weiße Wolken und silbrig glänzende Schiffsrümpfe. Alles war perfekt. Sie lauschte auf jedes seiner Worte, gespannt wie ein Bogen, hing an seinen Lippen und träumte.

Sie sahen die drei braun gebrannten Jungen nicht kommen. Sie kehrten erst an den Strand zurück, als einer mit dem Fuß in Philipps Rücken stieß und rief:

»Seht mal, ein Liebespaar.« Die anderen lachten verächtlich, während der Fuß wieder zutrat.

Anna und Philipp standen hastig auf und gingen zwei Schritte rückwärts, in das Wasser hinein. Philipp ignorierte den Schreck, den er bekommen hatte und rief:

»Lasst uns in Ruhe.« Wieder schadenfrohes Lachen.

»Küsst euch, küsst euch.«

»Ja, los, knutsch sie!«

Philipp suchte wieder Annas Hand, bot ihr damit Trost und Schutz. Doch einer der drei trieb es noch weiter. Er riss Philipp weg und nahm ihn in den Schwitzkasten.

»Na, Kleine, was tust du jetzt?« Zu zweit schubsten sie Anna hin und her. Der Große mit der Hakennase riss ihr die Brille herunter und trat sie tief in den feuchten Sand hinein.

Nein, nicht weinen. Bloß nicht weinen. Sie hatte Angst, verlor das Gleichgewicht. Ihr Hals war trocken und sie begann hastig zu atmen.

»Philipp, Philipp.«

»Lasst sie in Ruhe. Sie kann nichts sehen.«

»Oh, eine Blindschleiche.«

Wieder wurde sie von einem zum anderen geschubst. Die vielen Menschen um sie herum, warum taten sie nichts? Während die einen es als dummen Jungenstreich abtaten, drehten die anderen ihre Köpfe einfach weg. Was sie nicht sehen, ist eben auch nicht real. So brieten sie weiter ihre glänzenden Leiber in der Sonne und ignorierten diesen Zwischenfall. Schließlich hatte man ja Urlaub und wer ärgert sich da schon gern mit fremder Leute Kinder herum.

Und dann geschah es. Anna stolperte über ihre Füße und fiel. Vielleicht wäre ja gar nichts passiert, der nasse Meeresboden war sandig und weich, wäre da nicht dieser Stein gewesen, der aus dem Boden herausragte und auf dem sie mit dem Kopf aufschlug. Ein kurzer Schrei, dann wand sie sich im Wasser und jammerte. Jetzt endlich bewegte sich ein älterer Herr auf die Gruppe zu, um nachzusehen, was geschehen war. Die drei fremden Jungen kapierten recht schnell, dass es jetzt ernst wurde und suchten das Weite. Sie stürzten zwischen den Menschen hindurch Richtung Dünen, wirbelten dabei ziemlich viel Sand auf, was eine Schimpftirade der Leute nach sich zog, aber keiner hielt sie auf. Sie waren so schnell verschwunden, wie sie gekommen waren.

Nach und nach bildete sich eine Menschentraube um das weinende Mädchen im Wasser. Anna hielt sich den Kopf. Blut lief zwischen ihren Fingern hindurch und färbte das Wasser rot. Jemand rief nach dem Notarzt.

Schneller als er war der Rettungsschwimmer herbeigeeilt. Wo hatte er nur seine Augen gehabt? Jetzt trug er das Kind aus dem Wasser, setzte sie in den trockenen Sand und besah sich Annas Wunde. Minuten später kam der Notarzt. Er säuberte die Platzwunde und erklärte ihr, sie müsse nun mit ins Krankenhaus, um ihren Kopf zu untersuchen. Philipp hielt Annas Hand, so fest er konnte. Da tauchte Gerda auf. Sie bahnte sich mit den Ellbogen einen Weg durch die gaffende Meute, bis sie endlich die beiden Teenager erreichte.

»Anna, ist alles in Ordnung? Mein Gott, Kind, was ist denn passiert?« Auf eine Antwort wartete sie nicht. Sie schoss zu Philipp herum und herrschte ihn an.

»Was hast du dir dabei gedacht? Ihr Jungs seid doch alle gleich.« Dass er sie überredet hatte, stand für Gerda außer Frage. Er setzte zu einer Erklärung an, doch Gerda hob die Hand und gebot ihm zu schweigen. Philipp zog den Kopf ein und verkümmerte zu einen Häufchen Elend. In ihm drehte sich alles. Eine Achterbahnfahrt auf der Überholspur. Philipp sah Gerda hinter dem Arzt herlaufen, der Anna zum Krankenwagen brachte. Er selbst war außer Stande, einen Schritt zu tun. Ihm war zum Heulen zumute. Wie sollte er das wieder geradebiegen?

***

Philipp trat hinaus in die frische Morgenluft, als sich der Gesang einer Amsel erhob, um den neuen Tag zu begrüßen. Sein Vater lud das letzte Gepäck ins Auto. Seine Mutter schloss das Ferienhaus ab und setzte sich ans Lenkrad. Sie würde den ersten Teil der Strecke zurück nach Hause fahren.

»Nun steig schon ein, Philipp.«

Zögerlich und schlecht gelaunt ließ er sich auf den Rücksitz fallen. Er drückte sich die Nase an der Scheibe platt, spähte über jede Mauer, durch jedes Gartentor, in jeden Häuserwinkel, an dem das Auto vorüberfuhr. Ein letzter Hoffnungsschimmer, obwohl er wusste, wie absurd das war. Trotzdem, vielleicht hatte man Anna ja wieder nach Hause geschickt. Vielleicht war ja alles gar nicht so schlimm und sie stand irgendwo und winkte ihm nach, damit er wusste, dass sie ihm nicht böse war. Doch die Häuser wurden kleiner und das Auto schneller. In dem ganzen Durcheinander hatten sie verpasst, ihre Telefonnummern auszutauschen und zum Wohnhaus der Großeltern zu gehen hatte er sich nicht getraut. Nun war es zu spät.

Zwanzig Jahre später

Riesige Kronleuchter aus Kristallglas zierten die stuckbesetzte, gewölbte Decke im Moskauer Bolschoi-Theater. Die Loge war mit rotem Samt ausgefüttert, der auch die pompösen Sessel zierte, in denen das Paar Platz genommen hatte. Vor ihnen an der Brüstung war ein kleiner Tisch angebracht, auf dem zwei Gläser mit russischen Champagner standen. Während Philipps Blick auf den prickelnden Gläsern haftete, fühlte er die sanfte Wärme von Tinas Hand in seiner. Sie hatte ihn völlig überrumpelt, als sie ihm zum Hochzeitstag zwei Karten für den heutigen Abend zuschob. Nun saß Philipp im weißen Hemd und schwarzem Anzug neben seiner Frau und ergab sich ganz dem Rausch von Luxus und Prunk um ihn herum. Er lockerte leicht die schwarze Fliege unter seinem Hemdkragen und beobachtete unentwegt das flüsternde Publikum unter ihnen im Parkett. Schöne Frauen mit eleganten Frisuren in langen Kleidern wurden von ihren Partnern an ihre Plätze geleitet. Hier und da stand eine kleine Gruppe zusammen und prostete sich zu. Im Hintergrund hörte er das Einspielen des Orchesters. Wie damals, dachte er. Das Blattgold an den Wänden erzeugte im Licht der Kronleuchter einen außergewöhnlichen Glanz. In wenigen Minuten würde der schwere Samtvorhang sich heben. Dann würde das Weihnachtsoratorium von Johann Sebastian Bach den Raum erfüllen und die Menschen in Euphorie versetzen. Für einen kurzen Augenblick ließ er sich ablenken und reiste im Geiste zurück auf die Ferieninsel, in die Dünen und zu Anna. Er hatte sie nicht wiedergesehen. Was wohl aus ihr geworden war?

An den weißen Flügel auf der Bühne setzte sich eine bildschöne junge Frau mit dunklem Haar. Beinahe hätte sich Philipp dazu hinreißen lassen, zu glauben, es sei Anna. Doch es war nur der Vorname, den die beiden Frauen sich teilten. Diese Anna hatte längeres Haar und sie trug keine Brille. So lange sie spielte, lag ein Zauber über dem Prunksaal. Man konnte glauben, die Menschen wagten nicht einmal zu atmen. Die Solistin erweckte jeden Ton, den sie dem Flügel entlockte, zum Leben. Glasklar und einzigartig spielte sie mit solch einer Hingabe, dass sich ihr Körper wie in Trance zu den wundervollen Tönen hin und her wiegte, die im Saal widerhallten. Am Ende gab es tosenden Applaus und ein riesiges Blumenbukett für die Solistin. Das Publikum ließ die junge Frau ohne eine Zugabe nicht gehen. Philipp war wie im Rausch und klatschte, bis seine Hände schmerzten. Inzwischen verstand er viel von klassischer Musik. Er hatte sich nach dem Inselurlaub ernsthaft damit auseinandergesetzt und spielte heute selbst klassische Gitarre. Auch wenn er weit entfernt vom Talent dieser jungen Frau war, machte es ihm Spaß. Und es hielt seine Erinnerungen an die Zeit auf der Insel wach.

***

Die Moskauer Nacht war klirrend kalt, als Philipp beseelt vom Glück mit Tina das Theater verließ. Er wollte ihr seine Dankbarkeit zeigen und lud seine Frau ein, mit ihm noch ein Restaurant aufzusuchen. Tina lächelte, als sie sagte:

»Warten wir noch einen Moment. Die Nacht ist so schön. Sieh doch mal nach oben. Der Himmel ist sternenklar.«

Tina lehnte sich an einen Mauervorsprung und schaute in den Nachthimmel. Noch ganz trunken vom gerade Erlebten blinzelte sie den tanzenden Schneeflocken entgegen, die sich auf ihrer heißen Haut in winzige Wassertröpfchen wandelten und ihr Gesicht kühlten. Verwundert nahm er sie bei der Hand und fragte:

»Ist dir denn nicht kalt, Liebling?«

»Schon, aber gedulde dich noch ein bisschen. Ich möchte den Zauber noch ein wenig nachspüren, den wir gerade erlebt haben. Es war ein fantastischer Abend, nicht wahr?«

»Ja, das war er.« Er nahm sie in die Arme und küsste sie. Ein Autocorso entfernte sich vom Theater und fuhr hinaus in die Nacht. Langsam wurde es stiller.

Ein Paar in dicken Wollmänteln kam durch den dichten Schnee auf sie zu. Schon hatten die zwei Fremden sie erreicht. Das Gesicht der Dame war in eine große Kapuze gehüllt, die ein silbrig glänzender Pelzkragen umschloss. Als das Paar die beiden Liebenden erreicht hatten, blieb die fremde Frau abrupt stehen. Sie schob ihre Kapuze zurück und sah Philipp direkt in die Augen. Er stand wie angewurzelt, starrte in ihr Gesicht, dass er so gut kannte. Alles drehte sich plötzlich. Konnte das wahr sein? Vor ihm stand die Solistin des weißen Flügels. Vor ihm stand seine Anna. In ihren Augen las er die gleiche Überraschung, die gleiche Verwunderung, die einzige Frage, die zählte: Wie kommst du hierher?

Philipp löste sich von Tina. Er nahm langsam Annas Hand. Für einen winzigen Augenblick waren sie allein. In Sekunden tausend Gedanken, tausend Bilder im Kopf, tausend Fragen. Und eine Erkenntnis: Sie war es tatsächlich! Sie stand vor ihm, schön und lächelnd mit klarem Blick.

Er schaute zu Tina, griff mit der anderen Hand nach ihr. Er zog sie heran, ohne Annas Hand loszulassen. Er hob zu einer Erklärung an, doch Tina kam ihm zuvor, wandte sich an Anna.

»Ich glaube, ich kenne sie. Auch wenn wir uns noch nie begegnet sind. Sie sind Anna Lindner, nicht wahr?«

»Ich war Anna Lindner. Heute bin ich Anna Karmarova.« Sie zog den Mann an ihrer Seite dichter heran und stellte ihn vor.

»Das ist Ilja Karmarov. Er ist mein Mann und der Chefdirigent in diesem herrlichen Theater.« Sie strahlte Ilja an und lachte.

Philipp hatte nie verwunden, dass er Anna in Gefahr gebracht hatte. Oft hatte er von ihr gesprochen und wurde danach traurig. Das sollte nun ein Ende haben. Er reichte etwas verlegen dem großen, breitschultrigen Mann die Hand und stellte ihm Tina und sich selbst vor. Ilja, ganz der russische Kavalier, lud nun seinerseits Anna und das deutsche Paar zum Essen ein.

»Ich glaube, das könnte eine interessante Nacht werden. Also schlage ich vor, Sie begleiten uns. Dies ist nicht gerade das beste Wetter für eine Unterhaltung im Freien. Außerdem müssen sie beide die russische Küche kennenlernen, und es gibt einen vorzüglichen Wein in jenem Haus.«

»Ilja hat für uns einen Tisch reservieren lassen. Wir gehen ins 'Turandot', dem besten Haus in der Gegend«, beantwortete Anna die fragenden Blicke der beiden Deutschen. Bevor Philipp protestieren konnte, winkte Ilja bereits ein Taxi heran.

***

Der reservierte Tisch stand in einer Nische, etwas abseits, damit sie ungestört plaudern konnten. Das Essen bestand aus vier Gängen. Zu jedem wurde ein anderer Wein gereicht, und zum Abschluss gab es Wodka auf Eis. Die Stimmung war ausgelassen, die beiden Frauen schon recht bald beschwipst. Anna erzählte aus ihrem Leben, wie sie das erste Mal in Moskau gewesen war, wie sie Ilja kennengelernt hatte und dass sie eine kleine Tochter hatten. Wieder brannte diese eine Frage unter Philipps Nägeln. Wieder ergriff er die erste Gelegenheit, die sich bot.

»Was ist mit deinen Augen?« Anna schaute verschwörerisch zu Ilja, drückte glücklich seine Hand.

»Wir waren auf einer Konzertreise in den USA. Dort haben wir einen Professor kennengelernt, der eine neue Operationsmethode entwickelt hatte. Es war ein Risiko, aber was hatte ich zu verlieren, was ich nicht längst verloren hatte. Also habe ich ja gesagt. Das ist jetzt ein Jahr her. Ilja blieb die ganze Zeit bei mir. Sein Gesicht war das Erste, was ich nach der langen Zeit gesehen habe. Und jetzt, Philipp, hat meine Welt wieder Farben. Ist das nicht fantastisch?«

***

Lachend verließen sie spät in der Nacht das Restaurant. Bevor sie sich trennten, versprach das deutsche Paar, im Sommer wieder zu kommen. Tina und Ilja standen etwas abseits, unterhielten sich noch ein wenig, um Philipp Gelegenheit für ein paar persönliche Worte zu geben. Der nahm Annas Hände und schaute ihr tief in die Augen. War es der Wein, der ihn verführte, das zu tun?

»Anna, ich …«.

Sie legte ihm einen Finger über seine Lippen und sprach leise:

»Nicht, Philipp. Sag es nicht. Mach diesen wunderbaren Zauber nicht kaputt mit unbedachten Worten.« Noch immer sah er sie an. Er nickte und antwortete:

»Ich verstehe.«

****

Zum guten Schluss.....

An dieser Stelle folgt normalerweise die Aufzählung derer, die dazu beigetragen haben, ein wunderbares Werk zu schaffen und dafür zu sorgen, dass es eine breite Leserschar erreicht. In diesem Fall verhält es sich ein wenig anders. Denn anders als bei einer Verlagsveröffentlichung haben wir vom ersten Gedanken bis zum druckreifen Buch alles in Eigenregie erarbeitet, Positives wie auch etwaige Fehler gehen einzig und allein ›auf unsere Kappe‹.

Ein solches Projekt setzt nicht nur eine Idee voraus, sondern auch gutes Teamwork, die Fähigkeit, Dinge kritisch zu hinterfragen, auch mal neu anzufangen, und nicht zuletzt Durchhaltevermögen und Disziplin. Deshalb sind wir stolz auf das, was wir geschaffen haben und wünschen allen Leserinnen und Lesern tolle Ausflüge an die Meere der Welt.

Trotzdem: auch ein selbstverlegtes Buch entsteht nicht im luftleeren Raum. Direkt oder indirekt sind viele Menschen beteiligt, manche, ohne es auch nur zu ahnen.

Wir möchten uns bei Matthias Menne, Chefredakteur bei Antenne Münster, bedanken, der uns mit viel Geduld die richtige Interpretation der Texte beigebracht hat.

Nicole Müller, Inhaberin der Buchhandlung Buchfink in Münster, bewies Fingerspitzengefühl als Testleserin; und ihr profundes Wissen über den Buchmarkt hat uns an mancher Stelle weitergeholfen.

Beim Layout und den technischen Finessen der Bucherstellung stand uns H.-P. Auel mit Rat und Tat zur Seite.

Und ohne den Ventura-Verlag, bei dem wir beide unseren ersten literarischen Gehversuche machen durften, hätten wir uns gar nicht kennengelernt und kaum an dieses Projekt herangetraut.

Last but not least: Ein augenzwinkerndes Dankeschön all unseren Skeptikern, die zweifelnd eine Augenbraue hoben, wenn wir von unserem Projekt schwärmten. All jene waren unsere größte Motivation.

März 2019   Steffi Müller

                            Heike Auel